TH. DOSTOIEVSKY

L'ESPRIT SOUTER[RAIN]

TRADUIT ET ADAPTÉ

PAR E. HALPÉRINE ET CH.

L'ESPRIT SOUTERRAIN

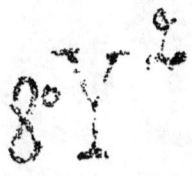

Ce volume a été déposé au ministère de l'intérieur (section de la librairie) en novembre 1886.

PARIS. — TYPOGRAPHIE DE E. PLON, NOURRIT ET Cie, RUE GARANCIÈRE. 8

Th. DOSTOÏEVSKY

L'ESPRIT SOUTERRAIN

TRADUIT ET ADAPTÉ

Par E. HALPÉRINE et Ch. MORICE

PARIS

LIBRAIRIE PLON

E. PLON, NOURRIT et Cie, IMPRIMEURS-ÉDITEURS

RUE GARANCIÈRE, 10

L'ESPRIT SOUTERRAIN

PREMIÈRE PARTIE

KATIA

I

Ordinov se décida enfin à changer de chambre. Sa logeuse, pauvre veuve d'un fonctionnaire d'État, avait été par des circonstances imprévues contrainte de quitter Pétersbourg pour se retirer au fond de sa province, chez ses parents, avant même l'échéance des loyers en cours. Le jeune homme, qui pensait attendre la fin de son terme, regrettait de quitter si brusquement *son vieux coin*. Et puis!... il était pauvre, et les logements coûtent cher. Cependant, dès le lendemain du départ de sa logeuse, il prit son chapeau et alla flâner dans les rues, en examinant les écriteaux qui annoncent les locations, choisissant les maisons les plus délabrées et les plus habitées, — celles où il pouvait le plus vraisemblablement trouver un propriétaire presque aussi pauvre que lui-même.

Il cherchait depuis longtemps déjà, tout à son projet : mais peu à peu il se sentait envahi par des sensations inconnues. Distraitement d'abord, puis attentivement et enfin avec une extrême curiosité, il se mit à regarder autour de lui. La foule, la vie extérieure, le bruit, le mouvement, la variété des spectacles, toute cette médiocrité des choses de la rue, tout ce *quotidien* de la vie qui fatigue tant les affairés de Pétersbourg toujours en quête — si vainement, mais si activement! — du repas à conquérir par le travail ou autrement, toute cette banale prose et tout cet ennui évoquaient dans l'esprit d'Ordinov une joie sereine. Ses joues, pâles à l'ordinaire, se coloraient d'une faible rougeur, ses yeux s'illuminaient d'un soudain espoir; il respirait avec avidité l'air frais et froid; il était extraordinairement léger.

Il menait une existence monotone et solitaire. Trois ans auparavant, ayant obtenu un grade universitaire et s'étant ainsi rendu relativement indépendant, il était allé chez un certain vieillard qu'il ne connaissait encore que de nom. Les domestiques en livrée l'avaient longtemps fait attendre avant de consentir à l'annoncer pour la seconde fois; enfin il était entré dans un salon vaste, obscur et presque sans meubles, tel qu'on en trouve encore dans les anciennes maisons du temps des châteaux. Là, il avait aperçu un personnage tout chamarré de décorations et la tête couverte de cheveux gris: l'ami et le collègue du père d'Ordinov et le tuteur de celui-ci. Le vieillard lui remit une somme insignifiante, reliquat d'un héritage vendu aux enchères. Ordinov reçut cette somme avec indifférence, fit ses derniers adieux à son tuteur et sortit. — C'était un soir d'automne, morne et triste. Ordinov réfléchissait. Il se sentait le cœur plein d'une désolation sans cause, ses yeux brillaient de fièvre, et 1 avait des frissons sans cesse alternés de chaud et de froid. Il calculait qu'il pourrait, avec cette somme, vivre deux ou trois ans, quatre peut-être en faisant la part de la faim... Mais l'heure s'avançait, la pluie tombait; il loua la première chambre venue et en une heure y fut installé. Ce fut pour lui une façon d'ermitage : il y vécut dans un isolement absolu. Deux ans après il était devenu tout à fait sauvage.

Il était devenu sauvage sans s'en douter. Il ne se rendait point compte qu'il y eût une autre existence, extérieure, bruyante, mouvementée, toujours renouvelée et qui vous appelle sans cesse et fatalement vous reprend tôt ou tard. Il ne pouvait sans doute l'ignorer tout à fait, mais il ne savait rien d'elle et ne s'en était jamais soucié. Dès l'enfance il s'était fait un vague isolement intérieur : à cette heure, l'isolement s'était précisé, défini et fortifié par la plus profonde des passions, celle qui épuise toutes les forces vitales sans laisser à des êtres comme Ordinov aucune préoccupation de la banalité pratique de l'existence, cette passion entre toutes inassouvible : la science. Elle minait sa jeunesse comme un poison lent et comme une lente ivresse, détruisait son sommeil, le dégoûtait de la nourriture saine et même de l'air frais qui ne pénétrait jamais dans son étroite retraite. Et

Ordinov, dans son exaltation, ne voulait point remarquer tout cela. Jeune, il ne rêvait, pour l'instant, nul autre bonheur que celui de contenter
cette passion qui faisait de lui un enfant pour la
conduite de la vie et le rendait incapable de se
concilier la sympathie *des gens* et d'arriver parmi
eux à quelque situation. Car la science, chez les
habiles, est un capital ; mais la passion d'Ordinov était une arme qu'il tournait contre lui-
même.

C'était, d'ailleurs, plutôt une sorte d'enthousiasme hasardeux qu'un dessein raisonné d'apprendre et de savoir. Dès l'enfance il s'était fait
une réputation de singularité. Il n'avait pas connu
ses parents, son caractère étrange et « à part » lui
attirait du fait de ses camarades de mauvais traite-
ments et des brutalités. Ainsi délaissé, il devint
morose, plus « à part » encore et peu à peu tout
à fait *exclusif*. C'est dans de telles dispositions
qu'il s'était laissé séduire par sa passion, et il s'y
livrait solitairement, sans ordre ni système arrêté.
Ce n'avait été jusqu'alors que la première fougue
et la première fièvre d'un artiste. Mais en lui
maintenant se dressait une idée, et il la contem-

plait avec amour, toute vague encore et confuse qu'elle fût. Il la voyait peu à peu prendre corps et s'éclairer : il lui semblait que cette apparence implorait une réalisation. Ce désir dévorait l'âme d'Ordinov, mais il ne sentait encore que trop peu nettement l'originalité de son idée, sa vérité et sa personnalité. La création se manifestait déjà, elle se limitait et se condensait, mais le terme était encore loin, très-loin peut-être : peut-être ne devait-il jamais venir!...

Et il allait à travers les rues comme un réfractaire, ou plutôt comme un ascète qui aurait brusquement quitté sa muette solitude pour entrer dans une ville agitée et retentissante. Tout était pour lui bizarre et nouveau, et (tant il était étranger à ces bruyantes foules, à ce monde en ébullition) il ne pouvait même pas s'étonner de son étonnement. Il ne remarquait pas davantage sa propre sauvagerie, pris au contraire d'une joie et d'une ivresse comparables à celles d'un affamé qui romprait un long jeûne. — N'était-il pourtant pas bien curieux qu'un changement de logement, un accident si mince, pût émouvoir et troubler un Pétersbourgeois, fût-il Ordinov?

— Il est vrai qu'il n'avait jamais eu l'occasion de sortir *pour affaires*.

Il se complaisait de plus en plus en sa flânerie d'observateur.

Fidèle à ses habitudes d'esprit, il lisait dans les tableaux qui se déroulaient clairement en lui comme entre les lignes d'un livre. Tout l'intéressait, il ne perdait pas une impression. Avec ses yeux intérieurs il examinait les visages des passants, regardait attentivement la physionomie des choses, tout en écoutant avec sympathie le langage du peuple, comme s'il eût contrôlé les conclusions où l'avaient amené les calmes méditations de ses nuits solitaires. Souvent quelque futilité l'arrêtait, lui suggérant une idée, et pour la première fois il se dépitait de s'être ainsi retranché du monde dans une cellule. Tout ici, en lui comme en dehors de lui, allait plus vite; son pouls battait largement et vivement; son esprit, qu'avait comprimé la solitude, aiguisé maintenant, élevé par l'exaltation de l'activité, travaillait avec précision, calme et énergie. Maintenant il aurait voulu s'introduire dans cette vie qu'il ne connaissait pas encore ou, pour mieux dire, qu'il ne

connaissait qu'en artiste. Son cœur battit involontairement dans une angoisse de sympathie universelle. Il se prit à considérer plus attentivement
les gens qui le frôlaient : mais c'étaient des passants absorbés et inquiets!... et peu à peu son
insouciance disparaissait, la réalité l'oppressait
déjà, lui donnant une sorte d'horreur et en même
temps d'estime pour la vie, et il commençait à se
lasser de cette extraordinaire abondance d'impressions nouvelles, comme un malade qui fait ses
premiers pas et qui tombe, ébloui par la clarté
du jour, étourdi par l'effervescence de l'activité
humaine, envertiginé par le bruit et la variété de
la foule qui s'agite autour de lui. Tout à coup il
fut saisi d'une morne tristesse. Il en venait à douter de la direction de sa vie et même de son avenir. Une pensée encore acheva de le troubler : il
revit tout son passé, isolé, sans échange d'affection... Quelques passants avec lesquels il avait
d'abord essayé d'engager la conversation s'étaient
détournés de lui avec un air brutal et étrange. On
le prenait pour un fou, du moins pour quelque
grand original, — en quoi l'on ne se trompait
guère. Et Ordinov se rappela que sa confiance

avait toujours été ainsi repoussée, et que pendant son enfance tout le monde le fuyait à cause de son entêtement et de son allure absorbée, que sa sympathie n'avait jamais su se révéler que par des dehors ambigus et pénibles, sans égalité morale. Ç'avait été la grande souffrance de son enfance de constater qu'il ne ressemblait pas à ses petits camarades. Et il était obsédé par le sentiment de cette incurable solitude.

Distraitement il s'échoua dans un endroit très-excentrique. Après avoir dîné dans un restaurant médiocre, il reprit sa promenade errante. De nouveau les rues et les places se succédèrent. Puis il longea de hauts murs gris et jaunes : là s'arrêtaient les maisons riches. C'était maintenant un contraste de vieilles petites baraques et de grands bâtiments, fabriques énormes aux murs rongés et noircis, aux cheminées monumentales. Personne dans les chemins, tout était morne et hostile.

Le soir tombait. Par une longue ruelle, Ordinov parvint à une place où se dressait une église. Il y entra presque sans remarquer ce qu'il faisait. L'office finissait à peine, et l'église était presque vide. Deux femmes seulement restaient encore

agenouillées près du seuil. Le bedeau, un petit
vieux, éteignait les cierges. Les rayons du soleil
couchant coulaient par larges ondes à travers les
étroits vitraux de la coupole, inondant une des
nefs d'un océan de clartés. Elles allaient faiblis-
sant, et plus s'épaississait l'ombre, — cette ombre qui s'amasse sous les arceaux, — plus étincelaient les images dorées aux lueurs intermittentes
des lampes et des cierges. En proie à une angoisse profondément troublante et à une grandis-
sante oppression, Ordinov s'accota au mur, dans
un des coins les plus sombres, et s'oublia dans ses
pensées. Le pas régulier et sourd de deux paroissiens le rappela à lui. Il les regarda, et une indéfi-
nissable curiosité s'empara de son esprit. C'étaient
un vieillard et une jeune femme. Le vieillard, de
haute taille, droit encore et énergique, mais amai-
gri et maladivement pâle, eût pu passer pour un
marchand venu d'une province reculée. Il portait
un long et noir cafetan fourré, déboutonné, et, sous
ce cafetan, une redingote russe exactement serrée
du haut en bas. Son cou nu était négligemment
entouré d'un foulard écarlate; à la main il tenait
une toque fourrée. Une longue barbe à demi

blanche tombait sur sa poitrine, et, sous ses sourcils épais et froncés, le regard brillait d'un éclat
fiévreux, un hautain, un pénétrant regard. La
femme pouvait avoir vingt ans. Une beauté merveilleuse! Elle était vêtue d'une riche fourrure
bleu clair; un fichu en satin blanc couvrait sa tête
et se nouait sous le menton. Elle marchait les
yeux baissés, et une sorte de gravité réfléchie
s'affirmait nettement et tristement dans les lignes
douces et tendres de son visage d'enfant. Il y
avait quelque chose d'étrange dans la soudaine
apparition de ce couple.

Le vieillard s'arrêta au milieu de l'église et
salua des quatre côtés, bien qu'il n'y eût plus personne. Sa compagne l'imita, puis il la prit par la
main et la conduisit vers la grande image de la
Vierge, patronne de l'église. Cette image étincelait, près de l'autel, d'un feu aveuglant qui se
reflétait parmi l'or et les pierreries des ornements.
Le bedeau salua avec déférence l'étranger, qui lui
rendit légèrement son salut. Sa compagne tomba
à genoux devant l'image; le vieillard prit l'extré-
mité de la nappe d'église et lui en couvrit la tête.
De sourds sanglots retentirent.

Intrigué par la solennité de cette scène, Ordinov en attendait impatiemment la fin. Deux minutes après, la femme releva la tête, et de nouveau son beau visage fut éclairé par la vive lumière de la lampe. Ordinov tressaillit et fit en avant deux pas. Elle avait déjà repris le bras du vieillard, et tous deux lentement se dirigeaient vers la porte. Les larmes brûlaient ses sombres yeux bleus dont les longs cils baissés tranchaient sur la blancheur laiteuse de son teint. Les larmes coulaient sur ses joues pâlies. Ses lèvres souriaient, mais son visage conservait les traces d'une terreur puérile et mystérieuse. Toute frémissante d'émotion, elle se serrait avec confiance contre le vieillard.

Agité, comme fouetté par une sensation inconnue, douce et excitante, Ordinov les suivit vivement, et, sur le parvis, passa devant eux. Le vieillard lui adressa un regard hostile. Elle aussi le regarda, mais sans prendre garde à lui, comme enfouie dans ses pensées. Sans se rendre exactement compte des mobiles de son action, Ordinov continua à les suivre, de loin, dans l'ombre maintenant très-avancée du crépuscule. Le couple s'engagea dans une large et sale rue d'artisans,

pleine de magasins de farines et d'auberges, et
qui aboutissait aux remparts de la ville. De là, il
tourna dans une ruelle étroite et longue, bordée
de hautes barrières ; au bout se dressait le grand
mur sombre d'une maison de quatre étages dont
l'allée communiquait de cette ruelle à une autre.
Ils approchaient tous trois de la maison, quand le
vieillard se retourna et dévisagea Ordinov avec
impatience. Le jeune homme s'arrêta, comme
cloué sur place ; son entraînement lui parut à lui-
même inconvenant. Le vieillard se retourna une
fois encore, sans doute pour se convaincre que sa
menace silencieuse avait produit son effet, puis,
avec la jeune femme, pénétra dans la cour de la
maison. Ordinov reprit le chemin de son logement.

Il était de très-mauvaise humeur et se reprochait cette fatigante journée, gaspillée sans profit
et qu'il avait terminée par une sottise, en prêtant
à une circonstance plus que banale les couleurs
d'une aventure.

Malgré le mécontentement que lui avait causé,
le matin de ce même jour, la constatation de sa
sauvagerie, son esprit conservait l'habitude de

fuir instinctivement tout ce qui pouvait le distraire ou l'émouvoir sans ébranlement utile pour
la pensée. Et il se prit à songer tristement et avec
une sorte de repentir à son vieux coin où il était
si sûrement à l'abri de semblables accidents; puis
une angoisse s'empara de lui à la pensée des tra-
cas d'un déménagement et de l'ennui d'être encore dans l'indécision à ce sujet. En même temps
il se trouvait humilié de tant s'occuper d'une
telle vétille. Enfin fourbu, incapable de lier deux
idées, il remarqua avec surprise qu'il avait dé-
passé sa maison sans s'en apercevoir. Étourdi,
hochant la tête en songeant à cette anormale distraction, il l'attribua à la fatigue, et, gravissant
l'escalier, entra dans sa mansarde. Là, il alluma
une bougie; mais aussitôt l'image de la jeune
femme éplorée s'offrit très-nettement à son imagination. Si ardente et si forte fut cette impression,
son cœur suivait avec une telle prédilection les
doux et tendres traits de ce visage bouleversé
par une terreur et un attendrissement mystérieux,
baigné par des larmes d'exaltation ou de puéril
repentir, que les yeux d'Ordinov se troublèrent
et qu'il sentit un feu s'allumer dans ses veines.

Mais l'apparition s'évanouit. Après le transport vint la réflexion, puis le dépit, puis une sorte de colère impuissante; sans se déshabiller, il s'enveloppa dans sa couverture et se jeta sur son rude lit...

La matinée était avancée quand il s'éveilla, à la fois accablé et confus. Il fit rapidement sa toilette en s'efforçant de penser à ces soins quotidiens, et sortit, en prenant la direction opposée à celle qu'il avait prise la veille. Pour en finir, il choisit un logement chez un pauvre Allemand nommé Schpis, qui demeurait avec sa fille Tinchen. Schpis, aussitôt les arrhes reçues, ôta l'écriteau cloué à la porte et félicita Ordinov pour son amour de la science. Il lui promit de s'occuper lui-même de son service. Ordinov déclara qu'il emménagerait dans la soirée, puis il reprit le chemin de son ancienne chambre. Mais en route il réfléchit et tourna du côté opposé. L'audace lui revenait, et il sourit en lui-même de sa curiosité. La route, dans son impatience, lui parut très-longue. Il parvint enfin à l'église de la veille. On officiait. Il choisit une place d'où il pût voir tous les fidèles : mais ceux qu'il cherchait n'y étaient pas. Après une longue attente, il sortit, un peu honteux. Il s'entêta fortement à tâcher de fixer son esprit sur des sentiments indifférents pour changer le cours de ses pensées. Et comme il réfléchissait aux banalités de la vie, il vint à songer que c'était l'heure du dîner. Effectivement, il avait faim. Il entra donc dans le restaurant où il avait déjà dîné la veille : plus tard il ne se souvint pas comment il en était sorti. Longtemps et inconsciemment il erra à travers les rues, les ruelles pleines de gens et les places vides, et parvint à un endroit complétement désert, sans maisons et où s'étendaient des champs jaunissants. Le calme mortel du lieu, en lui donnant une sensation nouvelle ou dès longtemps oubliée, le rappela à lui. La journée était sèche, il gelait : un véritable octobre pétersbourgeois. A quelque distance, on voyait une izba, tout auprès deux meules de foin ; un petit cheval crépu, la tête basse et la lèvre pendante, se tenait, dételé, près d'une charrette et semblait méditer. Un chien de garde, en grondant, rongeait un os auprès d'une roue cassée. Un enfant de trois ans, vêtu seulement d'une chemise, en grattant sa tête blonde et touffue, considérait avec étonnement le citadin égaré dans ces parages. Derrière l'izba s'étendaient des champs et des potagers. Au bout des cieux bleus, des bois sombres; du côté opposé accouraient des nuages de neiges amoncelées : on eût dit qu'ils chassaient devant eux des bandes d'oiseaux migrateurs, sans cri, et l'un après l'autre enfilant le ciel. Tout était calme, tout était empreint d'une tristesse solennelle, tout souffrait de la secrète et navrante venue de la nuit... Ordinov s'en alla plus loin, plus loin encore. Mais enfin la solitude lui pesa. Il rentra dans la ville, et soudain il entendit les puissants accents de la cloche appelant à la prière du soir. Il doubla le pas, et bientôt il entra de nouveau dans l'église qui depuis un jour lui était si familière.

L'inconnue s'y trouvait déjà.

Elle était agenouillée près de l'entrée, dans la foule des fidèles. Ordinov se fraya un chemin à travers les rangs serrés des mendiants, des vieilles femmes déguenillées, des malades et des infirmes qui attendaient l'aumône à la porte, et s'agenouilla à côté de la jeune femme. Leurs vêtements se touchaient. Il entendait la respiration inégale qui

s'échappait avec une ardente prière de ses lèvres
entr'ouvertes. Ses traits, comme la veille, trahis-
saient une émotion et une piété infinies. Comme la
veille, des larmes ne cessaient de couler et de se
consumer sur les joues brûlantes, comme pour
laver quelque terrible crime. L'endroit était
sombre. Par instants seulement la flamme d'une
lampe agitée par le vent éclairait d'une intermittente lueur le visage de l'inconnue dont chaque
trait se gravait dans la mémoire d'Ordinov, dans
son regard et dans son cœur. Enfin, n'y tenant
plus, la poitrine convulsivement oppressée, il
éclata en sanglots et heurta de sa tête en feu les
dalles glacées. Il n'entendit, il ne sentit rien, sauf
au cœur, comme s'il allait cesser de battre, un
spasme très-douloureux.

Était-ce la solitude qui avait développé en lui
cette extrême impressionnabilité et laissé ainsi ses
sens sans défense, comme à découvert? S'était-
elle amassée, cette effervescence, dans l'angoisse
des insomnies sans bruit et sans air? Avait-il fallu
tous ces efforts désordonnés et toutes ces impa-
tientes émotions de l'esprit pour qu'enfin le cœur
pût s'ouvrir, trouver une issue et prendre son

élan ? Ou bien était-ce simplement que l'heure eût
sonné et que les choses dussent s'accomplir ainsi,
soudainement, comme dans un jour de chaleur
étouffante le ciel s'obscurcit tout à coup, puis se
décharge sur la terre altérée en pluie chaude qui
suspend des perles aux branches vermeilles, et
froisse l'herbe des champs, et courbe au ras du
sol les corolles délicates des fleurs : mais au premier rayon du soleil tout renaît, tout se relève,
tout s'élance au-devant de la lumière et solennellement lui envoie jusqu'au ciel, pour fêter cette
renaissance, d'abondants et doux effluves de
joie et de santé... Ordinov ne pouvait se rendre
compte de son état, il avait à peine conscience de
lui-même... Il ne s'aperçut presque pas de la fin
de l'office. Alors pourtant il se releva et suivit la
jeune femme à travers la foule des paroissiens qui
se portaient vers l'entrée. Il rencontra plus d'une
fois son regard tranquille tout ensemble et étonné.
Plus d'une fois arrêtée par les reflux de la foule,
elle se retourna vers lui; son étonnement s'ac-
croissait visiblement, et tout à coup ses joues
s'empourprèrent. Alors se montra le vieillard qui
la prit par la main. Ordinov subit de nouveau le

regard moqueur et menaçant, et une sorte d'é-
trange rancune lui serra le cœur. Mais bientôt il
perdit de vue les deux inconnus, et, rassemblant
toute son énergie dans un effort surnaturel, il s'é-
lança en avant et sortit de l'église.

L'air frais put à peine le rafraîchir. Sa respiration était difficile, il suffoquait. Son cœur battait
lentement et fortement à lui rompre la poitrine. Il
chercha en vain à retrouver ses inconnus : ni dans
la rue ni dans la ruelle, personne. Mais en sa
tête naissait une pensée et se formait un de
ces plans décisifs et bizarres qui, bien qu'in-
sensés, réussissent toujours en de telles circonstances.

Le lendemain matin, à huit heures, il vint par
la ruelle à la maison qu'habitaient le vieillard et la
jeune femme, et entra dans une cour étroite, sale,
infecte comme une fosse d'ordures. Le dvornik,
petit de taille, d'origine tartare, un homme
d'environ vingt-cinq ans avec un visage vieilli et
ridé, travaillait dans cette cour. Il s'arrêta, appuya son menton sur le manche de sa pelle en
apercevant Ordinov, le regarda des pieds à la
tête et lui demanda ce qu'il désirait.

— Je cherche un logement, répondit Ordinov,
d'un ton bref.

— Lequel? demanda le dvornik avec un sourire.

Il regardait Ordinov comme s'il eût été au courant de ses pensées.

— Je cherche une sous-location, répondit encore Ordinov.

— Sur cette cour-là il n'y en a pas, dit le dvornik en indiquant d'un regard malicieux une cour
voisine.

— Et ici?

— Ici non plus.

Et le dvornik se remit à son travail.

— Peut-être y en a-t-il tout de même, reprit
Ordinov en lui glissant dans la main une pièce de
vingt kopecks.

Le Tartare regarda Ordinov, prit la pièce, se
remit de nouveau au travail et, après un silence,
déclara :

— Non, il n'y a pas de logement.

Mais le jeune homme ne l'écoutait plus. Il se di-
rigeait, en marchant sur les planches fléchissantes
et à demi pourries qu'on avait jetées sur les flaques
d'eau, vers l'unique entrée qui donnât sur cette

cour noire, dégoûtante et croupie dans la boue.
Au rez-de-chaussée vivait un pauvre fabricant de
cercueils. Dépassant l'atelier de ce « garçon d'esprit », Ordinov s'engagea dans un escalier tournant, ruineux et glissant, et parvint à l'étage supérieur. En tâtonnant dans l'ombre, il trouva une
porte épaisse en bois non équarri et couverte de
nattes d'osier en loques. Il chercha le loquet et le
tourna. Il ne s'était pas trompé : devant lui se tenait le vieillard qui le regardait fixement, au
comble de la surprise.

— Que veux-tu ? demanda-t-il d'une voix rude
et basse.

— Y a-t-il un logement ? murmura Ordinov
sans savoir exactement ce qu'il disait : derrière
les épaules du vieux il venait d'apercevoir la jeune
femme.

Le vieillard, sans répondre, se mit à fermer la
porte en poussant Ordinov dehors. Mais tout à
coup Ordinov entendit la voix caressante de la
jeune femme murmurer :

— Il y a une chambre.

— Je n'ai besoin que de très-peu de place, dit Ordinov en se hâtant de rentrer et en s'adressant à la belle.

Mais il s'arrêta, stupéfait, en regardant son futur
logeur. Sous ses yeux se jouait un drame muet. Le
vieillard était mortellement pâle, prêt à tomber
inanimé. Il faisait peser sur la jeune femme un regard de plomb, immobile et perçant. Elle aussi pâlit
d'abord, mais brusquement tout son sang lui monta
au visage, et ses yeux brillèrent d'un étrange éclat.

Elle conduisit Ordinov dans la pièce voisine.

Tout le logement se composait d'une seule et
vaste chambre divisée par deux cloisons en trois
parties. Du vestibule on passait dans une très-
petite pièce. En face, dans la cloison, s'ouvrait
une porte qui menait évidemment à la chambre à
louer. Elle était étroite, avec deux fenêtres basses
très-rapprochées l'une de l'autre. Tout était embarrassé par les menus objets essentiels à un
ménage. Tout était pauvre, mesquin, mais extrêmement propre. Une table en bois blanc, deux
chaises vulgaires, deux bancs le long du mur for-
maient tout le mobilier. Dans un coin l'on avait mis
une grande image pieuse ornée d'une couronne
dorée et soutenue par une planche. Devant l'image
brûlait une lampe. La chambre à louer partageait
avec la pièce voisine un grand et incommode

poêle russe. Il était clair que trois personnes ne pouvaient vivre dans un tel logement.

Ils discutèrent les conditions. Mais leurs voix étaient entrecoupées, ils se comprenaient à peine. Ordinov, à deux pas d'elle, entendait battre son cœur. Elle était tremblante, et à son émotion se mêlait une sorte de terreur. Enfin l'accord se fit. Le jeune homme déclara qu'il emménagerait aussitôt et revint au vieillard. Il se tenait encore près de la porte, debout et toujours très-pâle, mais un sourire calme, un sourire réfléchi s'était fait jour sur ses lèvres. En apercevant Ordinov, il fronça de nouveau le sourcil.

— As-tu un passe-port? lui demanda-t-il brusquement, d'une voix haute et dure, tout en ouvrant la porte.

— Oui, répondit Ordinov un peu déconcerté.

— Qui es-tu?

— Wassili Ordinov, noble, sans emploi. Je m'occupe de certains travaux, répliqua Ordinov, sur le même ton que le vieillard.

— Et moi aussi; je suis Ilia Mourine, mechtchanine [1]. C'est assez, va-t'en.

---

[1] Citadin, petit bourgeois.

Une heure plus tard, Ordinov était installé, à son propre étonnement, — et à celui de M. Schpis, qui commençait à soupçonner, avec sa douce Tinchen, que son locataire s'était moqué de lui. Ordinov ne comprenait guère comment tout cela avait pu arriver, mais il ne tenait pas à le comprendre.

II

Son cœur battait si fort que ses yeux se troublaient et sa tête tournait. Machinalement il entreprit de mettre ses affaires en ordre. Il dénoua le paquet de ses hardes; puis il ouvrit sa malle de livres et voulut les ranger. Mais bientôt ce travail le lassa. A chaque instant s'offrait à ses yeux éblouis l'image de cette jeune femme dont l'apparition avait bouleversé son âme et vers qui tout son cœur se portait dans un irrésistible élan. Tant de bonheur désorientait sa pâle existence, ses pensées s'obscurcissaient; il éprouvait comme une agonie d'incertitude et d'espérance.

Il prit son passe-port et le porta au logeur, espérant voir la jeune femme. Mais Mourine entr'ouvrit à peine la porte, prit le papier et dit :

— C'est bien; vis en paix. Et la porte se referma.

Ordinov resta un instant étonné. Sans s'expliquer pourquoi l'aspect de ce vieillard, au regard empreint de haine et de méchanceté, lui était pénible. Mais l'impression désagréable se dissipa bientôt. Depuis trois jours, Ordinov vivait dans un véritable tourbillon, qui contrastait singulièrement avec son ancienne tranquillité. Il ne pouvait ni ne voulait réfléchir. C'était une sorte de confusion. Il sentait sourdement que sa vie venait de se briser en deux parts. Maintenant il n'avait qu'un désir, qu'une passion, et nulle autre pensée ne pouvait le troubler.

Il rentra dans sa chambre et y trouva près du poêle où cuisait le dîner une petite vieille bossue, si sale et si déguenillée qu'il fut pris de compassion pour elle. Elle paraissait très-méchante. De temps à autre elle marmonnait, en remuant sa bouche

édentée et son nez. C'était la domestique. Ordinov
essaya de lui parler, mais elle se tut évidemment
par malice. A l'heure du dîner, elle sortit du
poêle des *stchi*[1], des pâtés, de la viande, et les
porta chez ses maîtres, puis elle en apporta autant
à Ordinov. Après le dîner, un silence complet ré-
gna dans la maison.

Ordinov prit un livre et le feuilleta, s'efforçant
de comprendre et n'y parvenant pas malgré plusieurs lectures. Impatienté, il jeta le livre et de
nouveau voulut mettre ses affaires en ordre. Enfin
il prit son chapeau, son manteau, et sortit. Il allait
au hasard, sans voir la route, tâchant de se re-
cueillir, de concentrer quelques pensées éparses et
de se rendre compte de sa situation. Mais cet effort ne réussit qu'à augmenter ses souffrances. Le
froid et le chaud l'envahissaient alternativement,
et il avait parfois de tels battements de cœur qu'il
était obligé de s'appuyer au mur. « Non, mieux
vaut la mort », pensait-il, « mieux vaut la mort »,
murmura-t-il de ses lèvres tremblantes et enflam-
mées, sans songer à ce qu'il disait.

Il marcha très-longtemps. Enfin il s'aperçut qu'il

---

[1] Sorte de potage aux choux.

était mouillé jusqu'aux os et remarqua pour la première fois que la pluie tombait à verse. Il retourna chez lui. Non loin de la maison il aperçut le dvornik et crut voir que le Tartare le regardait fixement et avec curiosité, puis fit mine de s'éloigner en voyant qu'Ordinov l'avait aperçu.

— Bonsoir, lui dit Ordinov en l'atteignant. Comment t'appelle-t-on ?

— On m'appelle dvornik, répondit l'autre en souriant.

— Y a-t-il longtemps que tu es dvornik ici ?

— Longtemps.

— Mon logeur est un mechtchanine ?

— Mechtchanine, s'il te l'a dit.

— Que fait-il ?

— Il est malade, il vit, il prie Dieu.

— C'est sa femme ?...

— Quelle femme ?

— Celle qui habite avec lui.

— Sa fa-a-me, s'il te l'a dit. Adieu, barine.

Le Tartare toucha sa casquette et pénétra dans sa loge.

Ordinov rentra chez lui. La vieille, en marmonnant et en grognant toute seule, lui ouvrit la

porte, la ferma au verrou et monta sur le poêle où
elle achevait son siècle [1]. La nuit venait. Ordinov
alla chercher de la lumière, mais la porte des logeurs était fermée à clef. Il appela la vieille qui,
dressée sur son coude, le regardait fixement et
paraissait inquiète de le voir près de cette ser-
rure. Elle lui jeta sans rien dire un paquet d'allumettes, et il entra dans sa chambre. Pour la
centième fois il essaya de mettre en ordre ses effets et ses livres. Mais bientôt, sans s'expliquer
ce qui lui arrivait, il fut obligé de s'asseoir sur un
banc et tomba dans un bizarre engourdissement.
Par instants, il revenait à lui et se rendait compte
que son sommeil n'était pas un sommeil, mais une
torpeur maladive. Il entendit une porte s'ouvrir
et comprit que les logeurs rentraient de la prière
du soir. Il lui vint à l'esprit qu'il avait quelque
chose à leur demander, il se leva et eut la sensation qu'il marchait, mais il fit un faux pas et
tomba sur un tas de bois que la vieille avait jeté
dans la chambre. Il resta là, inanimé, et quand il
ouvrit les yeux, longtemps après, il s'étonna d'être
couché sur le banc, tout habillé : sur lui, avec

[1] Expression russe.

une tendre sollicitude, se penchait un visage de femme, un adorable visage tout humide de larmes douces et comme maternelles. Il sentit qu'on déposait un oreiller sous sa tête, qu'on le couvrait de quelque chose de chaud et qu'une main fraîche touchait son front brûlant. Il aurait voulu dire : Merci! Il aurait voulu prendre cette main, la porter à ses lèvres arides, l'arroser de ses larmes et l'embrasser, l'embrasser toute une éternité! Il aurait voulu dire bien des choses, mais il ne savait quoi. Surtout il aurait voulu mourir en cet instant. Ses mains étaient de plomb, il ne pouvait les mouvoir, il était inerte et entendait seulement son sang battre dans ses artères avec une extraordinaire violence. Il sentit encore qu'on lui mouillait les tempes... Enfin il s'évanouit.

Le soleil cinglait d'une gerbe de rayons d'or les carreaux de la chambre quand Ordinov s'éveilla, vers huit heures du matin. Une sensation délicieuse de calme, de repos, de bien-être, caressait ses membres. Puis il lui sembla que quelqu'un était naguère auprès de lui, et il acheva de s'éveiller en cherchant anxieusement cet être invisible. Il aurait tant voulu étreindre son amie et lui dire pour la première fois de la vie : « Salut à toi, mon amour ! »

— Mais que tu dors longtemps ! dit une légère voix de femme.

Ordinov tourna la tête, et le visage de sa belle logeuse se pencha vers lui avec un affable sourire, clair comme le jour.

— Tu as été longtemps malade ! reprit-elle. Mais c'est assez, lève-toi. Pourquoi rester ainsi en prison ? La liberté est meilleure que le pain, plus belle que le soleil. Allons, lève-toi, mon mignon, lève-toi.

Ordinov saisit et serra fortement la main de la jeune fille. Il pensait rêver encore.

— Attends, dit-elle, je vais te faire du thé. En veux-tu ? Prends-en, va, ça te fera du bien : je le sais, moi, j'ai été malade aussi.

— Oui, donne-moi à boire, dit Ordinov d'une voix faible en se levant. Il était sans forces. Un frisson lui parcourut le dos ; tous ses membres étaient endoloris, comme rompus. Mais il avait le cœur en fête, et le soleil l'échauffait comme un feu de joie. Une vie nouvelle, puissante, inconnue, commençait pour lui. La tête lui tournait faiblement.

— On t'appelle Vassili, n'est-ce pas? demanda-
t-elle. J'ai mal entendu, ou c'est le nom que le
logeur te donnait hier.

— Oui, Vassili, et toi? dit Ordinov.

Il voulut s'approcher d'elle, mais il se soutenait à
peine et chancela. Elle le retint par la main, en riant.

— Moi, je m'appelle Catherine.

De ses grands et clairs yeux bleus elle plongeait
au fond du regard d'Ordinov. Tous deux se te-
naient fortement les mains, sans plus parler.

— Tu as quelque chose à me demander, dit-
elle enfin.

— Oui... Je ne sais, répondit Ordinov, et il
eut un éblouissement.

— Comme tu es, vois! Assez, mon mignon, ne
te chagrine pas. Mets-toi ici, au soleil, près de
la table... Reste tranquille et ne me suis pas,
ajouta-t-elle en le voyant faire un mouvement
pour la retenir. Je vais revenir, tu auras tout le
temps de me voir.

Un instant après, elle apporta le thé, le posa
sur la table et s'assit en face d'Ordinov.

— Prends, dit-elle, bois. Eh bien! as-tu toujours mal à la tête?

— Non, maintenant, non... Je ne sais pas, peut-être ai-je mal... Mais je ne veux plus... J'en ai assez !... Ah ! je ne sais pas ce que j'ai, ajouta-t-il, suffoqué ; et reprenant la main de Catherine : Reste ici, ne t'éloigne pas. Donne, donne-moi tes mains... Tu m'éblouis, je te regarde comme un soleil ! s'écria-t-il comme arrachant ces mots de son cœur. Les sanglots lui serraient la gorge.

— Mon pauvre ! Tu n'as probablement pas vécu avec de bonnes gens. Tu es seul, tout seul ? N'as-tu pas de parents ?

— Non, personne. Je suis seul... Mais ça m'est égal. Maintenant ça va mieux... Je suis bien, maintenant ! dit Ordinov avec le ton du délire.

Il lui semblait que la chambre tournait autour de lui.

— Moi aussi j'ai longtemps vécu toute seule... Comme tu me regardes !... dit-elle après un silence. Eh bien... et après ? On dirait que mes yeux te brûlent ! Tu sais, quand on aime quelqu'un... Moi, dès le premier moment je t'ai pris dans mon cœur. Si tu es malade, je te soignerai comme moi. Mais il ne faut plus être malade, non. Quand tu iras mieux, nous vivrons comme frère et sœur, veux-tu ? Une sœur, c'est difficile à trouver quand Dieu ne vous en a pas donné.

— Qui es-tu ? D'où es-tu ? murmura Ordinov.

— Je ne suis pas d'ici... De quoi t'occupes-tu?... Tu sais ce conte : il y avait une fois douze frères dans une grande forêt. Une jolie fille s'y égara; elle entra dans leur maison, y mit tout en ordre, y imprégna toutes choses de sa tendresse. A leur retour, les frères devinèrent qu'une sœur leur était venue, et ils l'appelèrent, et elle se montra. Tous l'appelèrent sœur et lui laissèrent sa chère liberté. Elle fut leur sœur et leur égale... Connaissais-tu ce conte ?

— Je le connais, dit Ordinov.

— Il fait bon vivre. Est-ce que tu aimes la vie ?

— Oui ! oui ! s'écria Ordinov, longtemps, longtemps, tout un siècle de vie !

— Eh bien ! je ne sais pas, dit pensivement Catherine, moi, je voudrais mourir. C'est pourtant bon d'aimer la vie et les braves gens, oui... Regarde, te voilà redevenu blanc comme la farine !

— Oui, la tête me tourne...

— Attends, je vais t'apporter un matelas et un autre oreiller. Je te les mettrai là, tu t'endormiras en rêvant de moi, et le mal passera... Notre vieille bonne aussi est malade...

Elle parlait tout en faisant le lit, et parfois elle regardait Ordinov et lui souriait par-dessus l'épaule.

— Que de livres tu as ! dit-elle en soulevant la malle.

Elle vint au jeune homme, le prit par la main, le mena au lit et le couvrit d'une couverture.

— On dit que les livres corrompent l'homme, continua-t-elle en hochant la tête d'un air capable. Tu aimes lire dans les livres ?

— Oui, dit au hasard Ordinov, sans savoir s'il dormait ou s'il veillait, et en serrant fortement la main de Catherine pour s'assurer qu'il ne dormait pas.

— Chez mon patron aussi il y a beaucoup de livres. Veux-tu les voir ? Il dit que ce sont des livres de piété, et il m'y lit toujours. Je te les montrerai plus tard, et tu m'expliqueras ce qu'il m'y lit.

— Parle-moi encore, murmura Ordinov en la regardant fixement.

— Aimes-tu prier? demanda-t-elle après un silence. Sais-tu, moi, j'ai toujours peur, j'ai peur...

Elle n'acheva pas et parut s'abîmer dans une profonde rêverie. Ordinov porta sa main à ses lèvres.

— Pourquoi baises-tu ma main? dit-elle en rougissant. Eh bien! prends, baise-les, continua-t-elle en riant et en lui donnant ses deux mains. Puis, en retirant une, elle la posa sur le front brûlant du jeune homme et se mit à lui lisser et à lui caresser les cheveux. Elle rougissait de plus en plus. Enfin elle s'assit par terre, près du lit, et colla sa joue à la joue d'Ordinov, lui caressant le visage de son haleine humide et tiède. Tout à coup il sentit des larmes abondantes et brûlantes tomber comme du plomb fondu des yeux de la jeune fille sur ses joues. Il devenait de plus en plus faible, ses mains ne pouvaient plus se mouvoir. A ce moment on entendit heurter à la porte et le verrou grincer. Ordinov put encore se rendre compte de la présence du vieillard derrière la cloison. Il vit, assez nettement, Catherine se lever, sans hâte, sans embarras, et faire sur lui un signe de croix. Il venait de fermer les yeux quand un chaud et long baiser lui brûla les lèvres. Il ressentit comme un coup de couteau en plein cœur, poussa un gémissement et s'évanouit de nouveau.

Alors commença pour lui une vie étrange.

Parfois, dans une confuse conscience, il se voyait condamné à vivre dans une sorte d'inéluctable rêve, un singulier cauchemar de luttes stériles. Épouvanté, il essayait de réagir contre cette fatalité, mais dans le moment le plus désespéré d'une lutte acharnée, une puissance inconnue le terrassait de nouveau ; de nouveau il sentait qu'il perdait connaissance, de nouveau un abîme d'obscurité profonde, sans limites, sans rien devant lui, et il s'y précipitait en criant d'angoisse et de désespoir. Parfois, au contraire, c'étaient des instants de bonheur qui dépassaient ses forces et l'anéantissaient. Alors son corps avait acquis une vivacité convulsive ; le passé s'éclairait, l'heure présente n'était que joie et victoire ; il rêvait éveillé un bonheur inouï. Qui a connu de tels instants ? une ineffable espérance vivifie l'âme

comme une rosée, on voudrait pleurer de joie, et
bien que l'organisme soit vaincu par tant de sensations extrêmes, bien qu'on sente le tissu de la
vie se déchirer, on s'applaudit d'une régénération et d'une résurrection. Parfois encore il s'as-
soupissait, et revivait alors, tous ensemble, les
événements des derniers jours : mais ce n'étaient
que des apparitions étranges et problématiques.
Et parfois enfin le malade perdait le souvenir et
s'étonnait de ne plus être dans son *vieux coin*,
chez son ancienne logeuse ; il s'étonnait que la
vieille ne vînt plus, comme elle en avait l'habitude aux heures tardives du crépuscule, vers le
poêle, qui s'éteignait et jetait encore des lueurs
intermittentes dont s'illuminaient les angles de la
pièce, chauffer ses mains osseuses et tremblantes,
sans cesser de radoter à mi-voix, et en jetant parfois des regards de surprise à son locataire qu'elle
considérait comme un maniaque à cause de son
acharnement au travail. — Et d'autres fois enfin,
il se rappelait qu'il avait déménagé. Mais comment
cela s'était-il fait ? Qu'était-il devenu ? Pourquoi
ce déménagement ? Il ne savait, tout son être
s'était abstrait de sa propre personnalité dans

une tension irrésistible et constante. Où donc
l'appelait-on et qui est-ce qui l'appelait? Qui avait
mis dans son sang ce feu insupportable qui le con-
sumait? Il ne pouvait s'en rendre compte, il avait
oublié. Souvent il croyait voir passer une ombre
et s'efforçait de la saisir; souvent il croyait entendre tout près de son lit le froissement de pas
légers et le murmure de paroles tendres et cares-
santes, douces comme une musique. Un souffle
humide et haletant glissait sur son visage, et tout
son être frémissait d'amour. Des larmes ardentes
brûlaient ses joues enfiévrées, et un soudain, un
long et tendre baiser aspirait ses lèvres; alors il
lui semblait que sa vie s'éteignait, il lui semblait
que le monde, autour de lui, s'était arrêté, que
le monde était mort pour des siècles et des siècles,
qu'une nuit dix fois séculaire enténébrait l'éten-
due.

Mais, à d'autres heures, le souvenir lui revenait
de ses années d'enfance. Il revivait ces années
sans trouble et leurs joies sereines, et leur bonheur perpétuel, et ce premier étonnement — si
doux! — de la vie, alors qu'un essaim d'esprits
bienfaisants sortait de chaque fleur qu'il cueillait,

et jasait avec lui sur le pré luxuriant, devant la
petite maisonnette nichée dans un bouquet d'aca-
cias. Les doux esprits lui souriaient de l'extré-
mité du grand lac transparent au bord duquel il
se plaisait à rester durant des heures entières, à
écouter le bruit des vagues. Et c'étaient les esprits
qui l'endormaient au frémissement de leurs ailes,
dons des rêves colorés et riants, à l'heure où sa
mère se penchait sur son petit lit, lui faisait au
front le signe de la croix, l'embrassait et le ber-
çait de chansons de nourrice durant les longues
nuits paisibles. Mais voilà qu'apparaissait un être
qui lui causait des terreurs au-dessus de son âge
et versait dans sa vie les premiers poisons du chagrin. Il sentait confusément que cet être, ce vieillard inconnu pèserait sur tout son avenir, et il le
regardait en tremblant et ne pouvait détourner de
lui ses yeux un seul instant. Ce maudit vieillard
le poursuivait partout. Au jardin, il l'épiait et le
saluait hypocritement en hochant la tête derrière
chaque arbuste. A la maison, il se transformait
en chacune des poupées de l'enfant, et riait, et le
harcelait, grimaçant dans ses mains comme un
méchant gnome. A l'école, il excitait contre lui

ses camarades inhumains, ou bien, prenant place
sur le banc, il lui apparaissait, blotti dans chacune des lettres de sa grammaire. Et pendant la
nuit il s'asseyait à son chevet... Il chassait l'essaim
des esprits bienfaisants qui jadis battaient de leurs
ailes d'or et de saphir autour de la couchette. Il
chassait aussi loin de l'enfant, et pour toujours,
sa pauvre mère, et, durant des nuits interminables, il murmurait un conte fantastique, incom-
préhensible pour le pauvre petit, mais qui le
déchirait et l'agitait de terreurs et de passions
prématurées. Et sourd aux sanglots, sourd aux
prières, le vieux continuait jusqu'à ce que sa victime tombât dans une torpeur voisine de l'éva-
nouissement... Tout à coup l'enfant se réveillait
homme fait: des années avaient passé, il retombait
brusquement dans sa situation actuelle, et brusquement il comprenait qu'il était seul et étranger
dans le monde entier, seul parmi des gens mystérieux et sujets à caution, parmi des ennemis toujours réunis dans un coin de la chambre obscure,
et chuchotant entre eux, et échangeant des signes
d'intelligence avec la vieille accroupie auprès du
feu, qui leur montrait du geste le malade et puis

se remettait à chauffer ses mains ridées. Une
extrême inquiétude s'emparait de lui. Il cherchait
à savoir quels étaient ces gens et pourquoi il se
trouvait chez eux ; et il soupçonnait qu'il s'était
égaré dans un repaire de malfaiteurs où quelque
puissance inconnue l'avait entraîné sans lui laisser
la liberté d'examiner l'aspect des habitants et du
maître. Et la peur le prenait tandis que, dans les
ténèbres, la vieille à tête blanche et tremblante
accroupie devant le feu qui s'éteignait commençait un long récit, à voix basse. Et à son
immense terreur le conte prenait corps devant
lui ; c'étaient des gestes, des visages, il revoyait
tout, depuis les rêves confus de son enfance jusqu'à ses plus récentes pensées ; et toutes ses
actions, et toutes ses lectures, et tout ce qu'il avait
oublié dès longtemps ; tout s'anime, prend une
apparence, atteint à des hauteurs vertigineuses
et tourbillonne autour de lui. Il voit s'ouvrir
devant ses yeux des jardins magiques et fastueux,
naître et mourir des villes entières, des cimetières
entiers lui envoyer leurs morts ressuscités, des
races entières grandir et décroître, et chacune de
ses pensées se matérialisait autour de son chevet

de malade, chaque rêve prenait corps en naissant,
de telle sorte qu'il n'avait plus d'idées spirituelles,
mais des mondes physiques et des constructions
tangibles d'idées. Et il se voyait lui-même perdu
comme un grain de sable dans cet étrange uni-
vers, infranchissable, infini, et il sentait la vie
peser de tout son poids sur son indépendance et
le poursuivre sans trêve comme une éternelle
ironie. Et il se voyait mourir et tomber en pous-
sière sans espérance de résurrection pour l'éternité. Et il cherchait où s'enfuir, sans trouver un
coin pour se cacher dans cet abominable monde.
Enfin, éperdu d'horreur, il réunit ses forces, jeta
un cri et s'éveilla...

Il s'éveilla baigné d'une sueur glaciale. Autour
de lui régnait un silence de mort. La nuit était
profonde. Mais il lui semblait que quelque part
se continuait encore le merveilleux conte, qu'une
voix enrouée ressassait l'interminable récit qu'il
croyait reconnaître. Et cela parlait de forêt sombre,
de brigands audacieux, d'un gaillard déterminé
presque semblable à Stegnka Razine, et de
joyeux compagnons, et de bourlakis [1], et d'une

---

[1] Haleurs sur le Volga.

jolie fille, et de la mère Volga[1]. N'était-ce pas
une illusion? Entendait-il vraiment? Une heure
entière il resta ainsi aux écoutes, les yeux ouverts,
immobile, dans une torpeur douloureuse. Enfin
il s'assit avec précaution, et se réjouit de se sentir assez fort, d'une force que sa terrible maladie
n'avait pas épuisée. Le délire avait cessé, la réalité recommençait. Il s'aperçut qu'il était encore
vêtu comme lors de sa conversation avec Catherine et en conclut qu'il ne devait pas s'être écoulé
beaucoup de temps depuis le matin où elle l'avait
quitté. Une sorte de fièvre de volonté enflammait
son sang. En tâtant le long du mur il trouva un
grand clou fiché en haut de la cloison contre laquelle était rangé son lit, et s'y suspendant de
tout le poids de son corps il se dressa et parvint
avec peine jusqu'à une certaine fente qui filtrait
dans la chambre une très-faible lumière. Il appli-
qua un de ses yeux à cette fente et se mit à regarder en retenant sa respiration.

Dans un coin de la chambrette des logeurs il y
avait un lit, et, devant le lit, une table couverte
d'un tapis encombré de livres de grand et antique

[1] Expression russe. On dit aussi *le père Don.*

format, reliés comme des missels. Contre le mur était clouée une image aussi vieille que celle qu'Ordinov avait dans sa propre chambre. Devant l'image brûlait une lampe. Le vieux Mourine était étendu sur son lit, malade, pâle comme la laine, couvert d'une fourrure. Il tenait un livre ouvert sur ses genoux. Catherine était couchée sur un banc près du lit, un bras autour de la poitrine du vieillard, la tête penchée sur son épaule. Elle le regardait avec des yeux attentifs, tout brillants d'un étonnement enfantin, et semblait écouter avec une curiosité infinie ce qu'il lui racontait. Par moments, la voix du conteur s'élevait, l'animation se peignait sur sa figure blême, il fronçait le sourcil, ses yeux jetaient des éclairs, et Catherine semblait frissonner de terreur. Alors quelque chose qui ressemblait à un sourire apparaissait sur les traits du vieillard, et Catherine aussi souriait, doucement. Par moments les larmes brillaient dans ses yeux, et le vieillard la caressait comme un enfant, et elle l'étreignait plus fortement de son bras nu, si blanc! et laissait amoureusement rouler sa tête sur la poitrine du malade.

Ordinov se demandait si tout cela n'était pas

un rêve. Il parvenait à s'en convaincre, mais le sang lui montait à la tête, et les veines de ses tempes se gonflaient. Il lâcha le clou, se leva de son lit, et en chancelant, sans comprendre lui-même son action, marcha comme un somnambule jusqu'à la porte des logeurs et se laissa violemment tomber contre cette porte. Le verrou rouillé céda avec fracas, et Ordinov se trouva au milieu de la chambre à coucher des logeurs. Il vit Catherine tressaillir et se lever en sursaut; il vit la fureur étinceler dans les yeux du vieillard, sous ses sourcils énormes violemment contractés, et tout à coup sa figure devenir affreuse. Il vit encore le vieillard saisir, sans le quitter des yeux, le fusil pendu au mur. Il vit enfin la lueur du canon braqué droit sur lui, d'une main mal assurée et que la fureur faisait trembler... Un coup de feu retentit, puis un cri surhumain, sauvage, lui succéda, et quand la fumée fut dissipée, Ordinov aperçut un terrible spectacle. Frémissant d'horreur, il se pencha sur le vieillard. Mourine gisait par terre, tordu dans des convulsions, absolument défiguré et les lèvres blanches d'écume. Ordinov comprit que le malheureux était en proie à une épouvantable attaque d'épilepsie. Il aida Catherine à le soigner.

III

Ce fut une nuit d'angoisse.

Le lendemain, de bonne heure, malgré sa faiblesse et la fièvre qui ne l'avait pas quitté, Ordinov sortit. Dans la cour il rencontre le dvornik. Cette fois, le Tartare, du plus loin qu'il le vit, ôta sa casquette et le regarda sans dissimuler sa curiosité. Puis, comme s'il eût regretté ce mouvement, il reprit son balai tout en surveillant en dessous Ordinov qui venait à pas lents. Ordinov commença :

— N'as-tu rien entendu, cette nuit ?

— Oui, j'ai entendu.

— Qu'est-ce que cet homme ? que fait-il ?

— Tu as loué tout seul, hein ? Renseigne-toi donc tout seul, ça ne me regarde pas.

— Parleras-tu, à la fin ! s'écria Ordinov hors de lui dans un accès d'impressionnabilité maladive.

— Que t'ai-je fait?... C'est ta faute aussi :
pourquoi as-tu fait peur à ton logeur?... Tu sais,
le fabricant de cercueils qui est en bas, il est
sourd; eh bien, il a tout entendu! et sa femme,
qui est sourde aussi, a tout entendu, comme lui!
et dans l'autre cour, c'est loin, hein? on a tout entendu! Me voilà obligé d'aller chez le commissaire.

— J'irai moi-même, répondit Ordinov en se
dirigeant vers la porte cochère.

— Eh! comme tu voudras, c'est toi qui as
loué... Barine, barine, attends!

Ordinov se retourna. Le dvornik, avec politesse, toucha le bord de sa casquette.

— Eh bien?

— Si tu y vas, j'irai chez le propriétaire.

— C'est-à-dire?

— Vaut mieux t'en aller.

— Imbécile! dit Ordinov, et il reprit son chemin.

— Barine, barine, attends!

Le dvornik toucha de nouveau sa casquette et
rit en montrant ses dents.

— Écoute, barine, modère-toi. Pourquoi tourmenter un pauvre homme? C'est un péché, Dieu
ne le veut pas, entends-tu?

— Entends toi-même : prends cela et dis-moi ce que c'est que cet homme.

— Ce que c'est ?

— Oui.

— Je te l'aurais dit sans argent.

Le dvornik prit son balai, l'agita une ou deux fois, puis, attentivement et solennellement, regarda Ordinov.

— Tu es un bon barine, mais si tu ne peux pas t'entendre avec un brave homme, fais à ta guise, voilà mon avis.

Le Tartare donna à son regard une expression plus intense, presque courroucée, et reprit son balai. Enfin, il s'approcha mystérieusement d'Ordinov, et accompagnant ses paroles d'un geste très-expressif :

— Voilà ce qu'il est.

— Quoi ? Comment ?

— La tête n'y est plus.

— Comment ?...

— C'est parti ! Oui, c'est parti, répéta-t-il avec un air de plus en plus mystérieux. Il est malade... Il avait une barque, une grande barque, et une autre, et encore une autre. Il naviguait sur le Volga. (Moi aussi je suis du Volga.) Il avait aussi une fabrique, mais elle a brûlé, et voilà ! La tête n'y est plus.

— Il est fou ?

— Non!... Non!... reprit-il après une pose. Pas fou, très-fort au contraire. Il sait tout, il a lu ! il a lu ! il a lu ! il a tout lu... Il disait l'avenir, oui; quelqu'un venait : c'est deux roubles, trois roubles, quarante roubles; puis il regardait le livre, le feuilletait et disait toute la vérité. Mais l'argent sur la table, d'abord l'argent : sans argent rien.

Et le Tartare, qui semblait entrer de grand cœur dans les intérêts de Mourine, se mit à rire de joie.

— Alors c'est un sorcier? Il dit la bonne aventure?

— Hum!... grogna le dvornik en hochant affirmativement de la tête avec vivacité, — oui, il dit la vérité, et il prie Dieu, il prie beaucoup, et puis tout à coup son mal le prend...

Et le Tartare répéta son geste expressif. En ce moment quelqu'un l'appela de l'autre cour, et bientôt après parut un petit homme vêtu d'une touloupe[1], voûté, les cheveux gris. Il toussotait, trébuchait, regardait la terre et parlait tout seul. On aurait pu le croire tombé en enfance.

— Le maître! le maître! murmura vivement le dvornik en saluant Ordinov, et arrachant sa casquette, il courut vers le petit vieux dont le visage ne semblait pas inconnu à Ordinov. Du moins, il pensait l'avoir déjà rencontré. Mais ne trouvant dans cette circonstance rien d'étonnant, il sortit. Le dvornik lui faisait l'effet d'être un coquin de première force. — Le farceur rusait avec moi, pensait-il, Dieu sait ce qui se cache ici...

Il était déjà loin dans la rue. Peu à peu le cours de ses pensées changea. Le jour était gris et froid, la neige voltigeait. Ordinov se sentait transi. Il lui semblait que la terre vacillait sous ses pieds. Tout à coup une voix connue, une voix doucereuse et agréable lui souhaita le bonjour.

— Yaroslav Iliitch! dit Ordinov.

Devant lui se tenait un homme d'une trentaine d'années, fort, les joues colorées, petit de taille, avec de petits yeux gris languissants, le sourire aux lèvres, et vêtu... comme doit être vêtu un Yaros-

---

[1] Manteau fourré des paysans.

lav Iliitch. Il tendit obséquieusement la main à
Ordinov. — Ils s'étaient connus juste un an auparavant, dans la rue, par hasard. A ce caractère si
facilement liant Yaroslav Iliitch joignait la faculté
extraordinaire de trouver partout des gens nobles
et bons, possédant les manières de la plus haute
société, instruits surtout et doués au moins de ta-
lent. Mais quoique Yaroslav Iliitch eût une voix
de ténor extrêmement doucereuse, il avait dans
ses intonations, en causant même avec ses plus
intimes amis, quelque chose d'aigu et d'impératif
qui éloignait toute contradiction et n'était peut-
être, en somme, que la conséquence d'une habitude.

— Par quel hasard? s'écria Yaroslav Iliitch avec
l'expansion de la joie la plus sincère.

— Je demeure ici.

— Depuis longtemps? continua Yaroslav Iliitch
en élevant déjà sa note, je n'en savais rien. Mais
je suis votre voisin! Moi aussi je demeure dans
ce quartier depuis un mois que je suis revenu du
gouvernement de Riazan. Et je vous tiens, mon
noble ami, le plus ancien de mes amis! — Et il se
mit à rire avec bonhomie. — Sergeev, cria-

t-il tout à coup, attends-moi chez Tarassov et dis au dvornik d'Olsoufiev de se rendre immédiatement au bureau. J'y serai dans une heure...

En donnant ces ordres d'un ton bref, le fin Yaroslav Iliitch prit Ordinov sous le bras et l'emmena dans un traktir.

— Il faut bien causer un peu après un si long temps passé sans nous voir. Eh bien, comment vont vos affaires? ajouta-t-il en affectant un ton respectueux et en baissant mystérieusement la voix. — Toujours dans les sciences?

— Oui, toujours, répondit Ordinov distraitement.

— Ah! que c'est noble! Vassili Mikhaïlovitch, que c'est noble! (Ici Yaroslav Iliitch serra fortement la main d'Ordinov.) Vous serez l'ornement de notre société. Que Dieu vous aide dans la carrière que vous avez choisie!... Mon Dieu, que je suis content de vous avoir rencontré! Que de fois j'ai pensé à vous! Que de fois je me suis dit : Où est notre bon, notre généreux, notre pénétrant Vassili Mikhaïlovitch?

Ils prirent un cabinet particulier, Yaroslav

Iliitch commanda une zakouska [1], de la vodka [2], puis s'assit et se mit à contempler Ordinov avec affection.

— J'ai beaucoup lu, commença-t-il d'une voix insinuante. J'ai lu tout Pouchkine.

Ordinov, toujours distrait, le regarda.

— Quelle étonnante connaissance de la passion ! Mais avant tout permettez-moi de vous remercier. Vous m'avez fait tant de bien en me suggérant avec votre noblesse naturelle des pensées justes !...

— Vous exagérez.

— Non pas ! non pas ! J'aime la justice, et je suis fier d'avoir au moins gardé ce sentiment.

— Voyons, vous n'êtes pas juste pour vous-même ! Et quant à moi, ma foi...

— Non, c'est la vérité même ! répliqua chaleureusement Yaroslav Iliitch. Que suis-je en comparaison de vous, voyons ?

— Oh ! oh !...

— Mais si !

Il y eut un silence.

— D'après vos conseils, j'ai abandonné de mau-

---

[1] Collation.
[2] Eau-de-vie.

vaises relations, j'ai un peu adouci mes manières
brutales, reprit Yaroslav Iliitch avec affabilité.
Pendant mon temps libre je reste le plus souvent
chez moi; le soir, je fais une lecture utile et... je
n'ai qu'un désir, Vassili Mikhaïlovitch : être utile
à ma patrie...

— Je vous ai toujours tenu pour une noble nature, Yaroslav Iliitch.

— Comme vous savez mettre du baume dans le
cœur!... Noble jeune homme!...

Yaroslav Iliitch serra avec effusion la main
d'Ordinov.

— Mais vous ne buvez pas, remarqua-t-il quand
son émotion fut calmée.

— Je ne puis, je suis malade.

— Malade? oui, en effet. Et depuis quand?
Voulez-vous que je vous indique un médecin qui
vous guérirait? Voulez-vous? Je vais aller moi-
même chez lui... Un très-habile homme...

Yaroslav Iliitch prenait déjà son chapeau.

— Merci, je n'aime pas à me soigner, et j'ai
peur des médecins.

— Comment peut-on parler ainsi! Mais je vous
répète que c'est un très-habile homme, continua

Yaroslav Iliitch d'un ton suppliant. Dernièrement,
— permettez-moi de vous raconter cela, mon cher
Vassili Mikhaïlovitch, — vint chez lui un pauvre
serrurier. Il dit : « Voilà… Je me suis percé la
main avec mon outil, guérissez-moi. » Semen Paf-
noutyitch, voyant le malheureux menacé de la
gangrène, se décida à lui couper le bras. Il a opéré
devant moi, mais d'une telle façon, si noble… je
veux dire si merveilleuse, que, je vous l'avoue,
n'était la pitié pour la souffrance humaine, j'aimerais ce spectacle, tant c'est simple, curieux…
Mais où et quand êtes-vous tombé malade ?

— En déménageant. Je viens de me lever.

— Mais vous êtes encore très-mal, vous ne de-
vriez pas sortir. … alors vous n'êtes plus dans
votre ancien logement. Pourquoi donc ?

— Ma logeuse a quitté Saint-Pétersbourg.

— Domna Savischna ! Vraiment ? La bonne et
noble vieille ! Savez-vous que j'avais pour elle une
estime presque filiale ? Il y avait quelque chose de
noble, d'antique dans cette vie finissante. On
voyait en elle une sorte d'incarnation de notre
bon vieux temps… c'est-à-dire de ce… quelque
chose de… de poétique !… s'écria enfin Yaroslav

Iliitch, confus et rougissant jusqu'aux oreilles.

— Oui, c'était une brave femme.

— Mais permettez-moi de vous demander : Où habitez-vous maintenant ?

— Tout près d'ici, dans la maison de Korsch-marov.

— Je le connais, un respectable vieillard. Je suis avec lui, j'ose le dire, sur un pied d'intimité. La belle vieillesse !

Les lèvres d'Yvaroslav Iliitch tremblaient d'at-tendrissement. Il demanda un second verre de vodka et une pipe.

— Ce n'est pas une sous-location ? Vous êtes dans vos meubles ?

— Non, chez des locataires.

— Qui donc ? Je les connais peut-être.

— Chez Mourine, un mechtchanine, un grand vieilla~l...

— Mourine... Mourine... Mais permettez, c'est sur la cour de derrière, au-dessus du fabricant de cercueils.

— Précisément.

— Hum !... et vous êtes tranquille ?

— Mais je viens d'emménager.

— Hum!... Je voulais seulement dire... Hum!...
Et vous n'avez rien remarqué d'insolite?

— Ma foi...

— C'est-à-dire, oui, vous êtes évidemment très-
bien si votre chambre vous plaît... Ce n'est pas ce
que je voulais dire, j'allais vous prévenir, mais
connaissant votre caractère... Comment le trouvez-vous, ce vieux mechtchanine?

— Il me semble très-malade.

— Oui, il souffre beaucoup... et alors vous n'a-
vez rien remarqué... Lui avez-vous parlé?

— Très-peu. Il est si taciturne et si rogue!...

— Hum!...

Yaroslav Iliitch resta pensif.

— Un malheureux homme, dit-il après un silence.

— Lui?

— Oui, malheureux, et en même temps
étrange et intéressant au delà du possible. Du
reste, puisqu'il ne vous inquiète pas, pardon d'a-
voir attiré votre attention sur ce sujet, mais j'aurais voulu savoir...

— Mais vous piquez ma curiosité. Dites-moi ce
qu'il est. D'ailleurs, demeurant chez lui, j'ai intérêt à...

— Voyez-vous, on dit que cet homme a été
très-riche. Il était commerçant, comme vous l'a-
vez sans doute entendu dire. Mais il a été ruiné.
Pendant un orage plusieurs de ses barques char-
gées de marchandises ont coulé. Sa fabrique, con-
fiée, je crois, à un de ses plus proches parents, a
été incendiée, et ce parent a péri dans l'incendie.
Convenez que voilà de terribles malheurs ! Alors,
dit-on, Mourine est tombé dans un grand désespoir. On craignit pour sa raison, et, en effet, dans
une querelle avec un autre marchand qui avait
aussi des barques sur le Volga, il se montra tout
à coup si bizarre que tout ce qu'il fit par la suite
fut attribué à la folie. Avis que je partagerais volontiers. J'ai entendu parler avec détail de quel-
ques-unes de ses singularités. Enfin il lui arriva
un dernier malheur, une vraie fatalité qu'on ne
peut expliquer que par l'influence maligne de la
destinée.

— Quoi donc?

— On dit que, dans une crise de folie, il a at-
tenté à la vie d'un jeune marchand que jusqu'alors
il affectionnait beaucoup. Il en fut si désolé quand
il revint à lui qu'il était au moment de se don-

ner la mort. Voilà du moins ce qu'on raconte. J'ai moins de renseignements sur ce qu'il fit ensuite. On croit cependant qu'il se soumit pendant de longues années à une pénitence religieuse... Mais qu'avez-vous, Vassili Mikhaïlovitch? Mon récit vous fatigue...

— Non, non! Au nom du ciel! Continuez, continuez... Vous disiez qu'il a fait une pénitence religieuse. Mais il n'est pas seul...

— Je ne sais pas. On dit qu'il était seul. Du moins nul autre n'était mêlé à cette affaire. Du reste, à part cela, je ne sais plus rien, si ce n'est...

— Si ce n'est?...

— Je sais seulement... c'est-à-dire... non, je n'ai plus rien à ajouter... Je voulais seulement vous prévenir que si vous trouviez en lui quelque chose d'extraordinaire, sortant du cours normal des choses, eh bien! il faudrait penser que tout cela est une conséquence de ses nombreux malheurs.

— Il est très-religieux, un vrai bigot.

— Je ne pense pas, Vassili Mikhaïlovitch. Il a tant souffert! Moi, je crois qu'il a bon cœur.

— Il n'est plus fou, maintenant, n'est-ce pas? Il est sain d'esprit.

— Oh! certes. Je puis vous le garantir, j'en jurerais, il a le plein usage de ses facultés. Seulement, comme vous l'avez remarqué avec justesse, il est très-étrange et très-religieux. C'est même un homme fort intelligent. Il parle bien, avec franchise, avec adresse. Sa vie tourmentée est écrite sur son visage. Ah! c'est un curieux homme, très-versé dans les livres.

— Ne lit-il pas sans cesse des livres de piété?

— Oui-da! c'est un mystique.

— Comment?

— Oui, c'est un mystique. Je vous dis cela entre nous, et je puis même ajouter qu'on l'a sévèrement surveillé pendant un certain temps. Cet homme avait une influence redoutable sur ceux qui venaient le consulter.

— Quelle influence?

— Vous me croirez si vous voulez... Il ne vivait pas encore dans ce quartier. Alexandre Ignatiévitch, un citoyen honorable, un bourgeois estimé, occupant une haute situation et jouissant de la considération universelle, vint un jour le voir par curiosité avec un certain lieutenant. Il frappe à la porte. Mourine ouvre et, l'é-

trange homme! le regarde fixement au visage.
(C'est sa manière : quand il veut bien être utile,
il regarde fixement les gens au visage; autrement,
il les renvoie.) Puis il dit brutalement : — Que
voulez-vous, messieurs? — Votre art doit vous
l'apprendre sans que nous ayons besoin de vous
le dire, répond Alexandre Ignatiévitch. — Venez
donc avec moi dans une autre chambre, reprit
Mourine, en s'adressant sans hésiter juste à celui
des deux qui venait le consulter. Alexandre Ignatiévitch ne m'a pas dit ce qui se passa ensuite,
mais il sortit pâle comme linge. La même chose
arriva à une dame du grand monde. Elle aussi
sortit pâle comme un linge, tout en larmes, étonnée de l'éloquence de cet homme et effrayée de
ses prédictions.

— C'est étrange. Mais maintenant il ne s'occupe plus de cela?

— On le lui a sévèrement défendu. Et il y a
d'autres curieux exemples!... Un jour, un jeune
sous-lieutenant, la fleur et l'espérance d'une
grande famille, se moquait de lui : « De quoi
ris-tu? lui dit le vieillard courroucé, sais-tu ce que
tu seras dans trois jours? » Et il croisa ses

mains l'une sur l'autre, signifiant ainsi un cadavre.

— Eh bien?

— Je n'ose pas le croire, mais on dit que la prédiction se réalisa. Il a un don, voyez-vous, Vassili Mikhaïlovitch... Vous riez? Je sais que vous êtes bien plus savant que moi, mais je crois en lui, ce n'est pas un charlatan. Pouchkine lui-même rapporte une histoire pareille...

— Hum! je ne veux pas vous contredire... Vous avez dit, je crois, qu'il demeure seul.

— Je ne sais pas... Il a, je crois, avec lui sa fille.

— Sa fille?

— Oui, ou peut-être sa femme. Je sais qu'il y a une femme chez lui. Je l'ai entrevue, mais sans prêter attention...

— Hum! c'est étrange...

Ordinov resta rêveur. Yaroslav Iliitch aussi se mit à rêver. Il était ému par la rencontre de son ami et aussi par la satisfaction que lui causaient les intéressants récits qu'il venait de faire en si bon style. Et il restait là, fumant sa pipe et contemplant Vassili Mikhaïlovitch. Mais tout à coup il se leva et prit un air affairé.

— Déjà une heure! Je m'oublie... Mon cher

Vassili Mikhaïlovitch, je bénis encore une fois le
sort pour cette heureuse rencontre. Mais il est
temps. Permettez-moi d'aller vous voir dans votre
cabinet de savant.

— Je vous en prie, vous me ferez plaisir. J'irai
aussi vous voir quand j'aurai le temps.

— Faut-il croire cette bonne promesse? Vraiment vous me rendriez service, vous me rendriez
un grand service. Vous ne pouvez vous imaginer
quelle joie vous m'avez causée.

Ils sortirent du traktir. Sergeev volait déjà
à leur rencontre et expliqua précipitamment à
Yaroslav Iliitch que Wiern Emelienovitch daignait
venir. En effet, bientôt arrivèrent deux bons et
rapides chevaux attelés à une poletka[1]; le cheval
de côté[2] était le plus remarquable. Yaroslav Iliitch
serra comme dans un étau la main « d'un de ses
meilleurs amis », toucha son chapeau et partit à
la rencontre du drojki[3]. Tout en marchant, il se
retourna deux fois, saluant Ordinov et lui faisant
des signes de tête.

---

[1] Petite voiture légère.
[2] En Russie, deux chevaux s'attellent, l'un entre les deux bran-
cards et l'autre par côté.
[3] Voiture découverte.

Ordinov se sentait une telle fatigue, une telle détente morale et physique qu'il pouvait à peine se traîner. Il eut du mal à parvenir jusqu'à sa maison. Sur le seuil de la porte cochère il rencontra encore le dvornik, qui avait attentivement observé les adieux d'Ordinov et d'Yaroslav Iliitch. D'assez loin encore le Tartare fit au jeune homme un signe comme pour l'inviter à venir lui parler. Mais Ordinov passa sans le regarder.

Dans l'escalier il se heurta assez rudement contre une petite figure grise qui sortait de chez Mourine les yeux baissés.

— Que Dieu me pardonne mes péchés! dit tout bas la petite figure en s'aplatissant contre le mur avec l'élasticité d'un bouchon.

— Ne vous ai-je point fait mal?

— Non, je vous remercie humblement pour votre attention... O mon Dieu! ô mon Dieu!...

Et le petit homme, tout en toussotant et en soupirant, et en murmurant des patenôtres, acheva de descendre avec précaution. C'était le propriétaire que le dvornik semblait tant redouter. Alors seulement Ordinov se rappela l'avoir déjà vu, lors de son emménagement, chez Mourine. Il se

sentait irrité et agité, et, sachant son imagination
et son impressionnabilité tendues jusqu'aux dernières limites, il résolut de se méfier de lui-même.
Peu à peu, il tomba dans une sorte de torpeur. Il
était oppressé. Son cœur angoissé et meurtri était
comme noyé de larmes intérieures.

Il se jeta sur son lit, qu'on avait fait, et se mit
à écouter. Il entendit deux respirations, l'une
lourde, maladive, saccadée, l'autre légère, mais
inégale, comme si elle aussi était oppressée,
comme si un autre cœur battait là du même élan,
de la même passion que son cœur à lui. Il surprenait parfois le froissement d'une robe ou le bruit
léger de pas légers, et ce bruit résonnait en lui
doucement et douloureusement. Enfin, il entendit
ou crut entendre des sanglots, un soupir et une
prière. Et alors il se *la* représenta, agenouillée
devant l'image, les mains désespérément jointes
et tendues... — Qu'a-t-elle donc? Pour qui
prie-t-elle? A quelle invincible passion est assu-
jetti son cœur? Pourquoi donc ce cœur est-il devenu une inépuisable fontaine de larmes?...

Tout ce qu'elle lui avait dit résonnait encore
dans ses oreilles comme une musique, et à cha-

cune de ses paroles qu'il se rappelait, qu'il se répétait pieusement, son cœur répondait par un
battement sourd... Eh quoi! tout cela, n'était-ce
pas un songe?... Mais aussitôt toute la scène dernière entre elle et lui revint à sa mémoire, se
rejoua devant son imagination, et il revit Catherine si triste, oh! si triste! il crut de nouveau
sentir sur ses lèvres cette chaude haleine, — et ces
baisers!...

Il ferma les yeux et s'oublia dans une sorte de
demi-sommeil...

...Une horloge sonna au loin. Il était tard. La
nuit tombait...

Tout à coup, dans son demi-sommeil, il lui
sembla qu'elle se penchait encore sur lui, qu'elle
le regardait avec ses yeux merveilleusement clairs,
étincelants de larmes de joie, ses yeux doux et
clairs comme la coupole azurée du ciel immense
par une belle journée. Et tout son visage était si
lumineux, son sourire brillait d'un bonheur si profond, elle se penchait avec un élan si enfantin et
si amoureux à la fois sur les épaules d'Ordinov
que, succombant à la joie, il poussa un gémissement. Elle lui parla, elle lui dit de tendres paroles,

et il reconnut cette musique qui vibrait dans son
cœur. Et il aspirait avidement l'air échauffé, élec-
trisé par l'haleine de la jeune fille. Il tendit les
bras, soupira, ouvrit les yeux...

Elle était là, penchée sur lui, éplorée, frémissante d'émotion, pâle de terreur. Elle lui parlait,
elle implorait de lui quelque chose, tantôt en
joignant les mains, tantôt en le caressant de ses
bras nus. Il la saisit, l'attira contre lui, et elle
s'abattit toute frémissante sur sa poitrine.

IV

— Qu'as-tu? qu'est-ce? dit Ordinov, complète-
ment revenu à lui et tenant toujours la jeune fille
serrée dans une étroite étreinte. Qu'as-tu, Catherine? Qu'as-tu, mon amour?

Elle sanglotait doucement, les yeux baissés, le
visage caché dans la poitrine du jeune homme.
Longtemps encore elle fut incapable de parler,
toute secouée par un tremblement nerveux.

— Je ne sais pas! dit-elle enfin, suffoquée par les larmes, je ne sais pas, répéta-t-elle d'une voix à peine intelligible. Je ne me rappelle pas comment je suis entrée chez toi... — Et elle se blottit plus étroitement encore contre lui, et comme contrainte par une influence irrésistible, elle lui baisa les épaules, les mains et la poitrine, puis, terrassée par le désespoir, elle se laissa tomber à genoux, couvrit son visage de ses mains et appuya sa tête sur les genoux du jeune homme.

Il se hâta de la relever, la fit asseoir auprès de lui; mais le visage de la jeune fille restait comme inondé de honte, et, des yeux, elle suppliait Ordinov de ne pas la regarder; un sourire pénible effleurait ses lèvres, elle semblait au moment de succomber à une nouvelle crise de désespoir. Ses terreurs revenaient, maintenant elle écartait Ordinov avec méfiance, évitait son regard et à toutes ses questions ne répondait qu'à mi-voix, la tête baissée.

— Tu as eu un cauchemar peut-être? lui demandait Ordinov, tu as rêvé?... Ou bien *lui, lui,* n'est-ce pas? t'aura fait peur... Il a le délire? il est sans connaissance? Peut-être aura-t-il dit des choses que tu ne dois pas entendre... Est-ce cela?

— Non, je n'ai pas rêvé, répondit Catherine maîtrisant avec peine son agitation, je n'ai même pas pu dormir. *Lui*, il est longtemps resté sans rien dire... Une seule fois il m'a appelée, je me suis approchée de lui, mais il dormait; je lui ai parlé, il ne m'a pas répondu, il ne m'entendait pas. Quelle crise il a eue! Ah! que Dieu lui soit en aide! J'avais le cœur plein d'une si amère angoisse!... et j'ai prié longtemps!... et j'ai prié longtemps!...

— Ma Catherine! ma vie!... C'est hier que tu auras eu peur...

— Non, je n'ai pas eu peur.

— *Cela* est-il déjà arrivé?

— Oui, *cela arrive...*

Elle frémit et se serra contre Ordinov comme un enfant.

— Écoute, dit-elle en cessant brusquement de pleurer, je ne suis pas venue chez toi pour rien. Ce n'est pas pour rien qu'il m'était si pénible de rester seule... Ne pleure plus, ne pleure plus pour le chagrin des autres! Garde tes larmes pour tes « jours noirs [1] », quand tu seras malheureux et seul, sans personne pour te consoler... Écoute : as-tu une liouba [2] ?

— Non... Je n'en avais pas... avant toi.

— Avant moi ?... Tu m'appelles ta liouba, alors ?

Sa physionomie exprimait le plus profond étonnement. Elle voulut parler, puis y renonça et baissa les yeux. Elle rougissait, ses yeux s'éclairaient plus étincelants à travers les larmes qui perlaient encore à ses cils. Avec une sorte de malice mêlée de honte elle jeta un coup d'œil sur Ordinov et aussitôt baissa de nouveau les yeux.

— Non, ce n'est pas moi qui serai ta première liouba, dit-elle. Non, non, répéta-t-elle, pensive, tandis qu'un sourire entr'ouvrait ses lèvres. Non ! dit-elle encore en riant, cette fois, franchement, ce n'est pas moi, frère, qui serai ta lioubouschka.

Elle leva les yeux ; à sa gaieté soudaine avait succédé une mélancolie si désespérée, elle était de nouveau en proie à une telle agitation qu'une immense pitié, la pitié irraisonnée qu'excitent les

---

[1] Expression russe.
[2] Une bien-aimée ; locution populaire.

malheurs inconnus, s'empara d'Ordinov, et il considéra Catherine avec une ineffable angoisse.

— Écoute ce que je veux te dire, dit-elle en prenant dans ses mains celles du jeune homme et en s'efforçant de réprimer ses sanglots, écoute bien, écoute, ma joie! Retiens ton cœur, aime-moi, mais autrement. Tu t'épargneras ainsi bien des malheurs, tu te sauveras d'un ennemi terrible, et tu auras une sœur au lieu d'une liouba. Je viendrai chez toi si tu veux, et je te caresserai, et je ne regretterai jamais de t'avoir connu. Sais-tu? Depuis deux jours que tu es malade je ne t'ai pas quitté! Prends-moi donc pour ta petite sœur. Ce n'est pas en vain que je t'ai appelé frère! Ce n'est pas en vain que j'ai prié pour toi la Vierge en pleurant! Tu ne trouveras jamais une sœur pareille. Ah! une liouba! puisque c'est une liouba que ton cœur demande... tu pourrais chercher dans le monde entier, tu ne trouverais pas une telle liouba. Et je t'aimerais toujours comme maintenant; je t'aimerais parce que ton âme est pure, claire, transparente, parce que, dès le premier jour, j'ai compris que tu serais l'hôte de ma maison, l'hôte désiré! (Et ce n'était pas inutilement que tu demandais à entrer chez nous!) que je t'aimerais parce que tes yeux, quand tu me regardes, sont aimants et disent ton cœur. Quand ils parlent, tes yeux, je sais tout ce qui se passe en toi. Et c'est pourquoi je voudrais te donner pour ton amour ma vie et *la chère petite liberté*[1], car il est doux d'être même l'esclave de celui dont on a le cœur... Mais ma vie n'est plus à moi, et la chère petite liberté est perdue. Prends-moi pour ta sœur et sois mon frère. Que je puisse être près de ton cœur si de nouveau les chagrins et la maladie t'accablent. Seulement fais que je puisse venir sans honte et sans regret chez toi, et passer avec toi, comme aujourd'hui, toute la longue nuit... M'as-tu entendue? m'as-tu ouvert ton cœur comme à une sœur? m'as-tu comprise?...

Elle voulait parler encore, elle le regarda, mit une main sur l'épaule du jeune homme et enfin, épuisée, tomba sur sa poitrine. Sa voix mourut dans un sanglot passionné. Son sein s'agitait, son visage rayonnait comme l'étoile du soir.

— Ma vie!... murmura Ordinov.

Sa vue se troublait, la respiration lui manquait.

[1] **Expression russe.**

— Ma joie!...

Il ne savait quel mot dire, il tremblait de voir son bonheur se dissiper en fumée; il se croyait le jouet d'une hallucination, tout se troublait devant ses yeux.

— Ma reine!... Je ne puis te comprendre, je ne sais plus ce que tu viens de me dire, mes idées se perdent, mon cœur me fait mal...

Sa voix s'éteignit. Catherine se serra plus près de lui. Il se leva, et, accablé, brisé, épuisé, il tomba à genoux. Sa poitrine était soulevée par les sanglots, et sa voix, sortant droit de son cœur, tremblait comme une corde de violon, de toute la plénitude d'un transport inconnu, d'un transport et d'un bonheur inconnus!

— Qui es-tu, ma chérie? d'où viens-tu, ma colombe? disait-il en s'efforçant de retenir ses sanglots. De quel ciel as-tu volé dans le mien? Il me semble vivre dans un songe, je ne puis croire à ton être... Mais ne me fais pas de reproches, laisse-moi parler, laisse-moi tout te dire, tout... Il y a longtemps que je voulais te parler!... Qui es-tu, qui es-tu, ma joie?... Comment as-tu trouvé le chemin de mon cœur? Y a-t-il longtemps

que tu es ma sœur?... Dis-moi toute ton histoire,
comment tu as vécu jusqu'à cette heure, le nom
de l'endroit où tu habitais, qui tu as d'abord
aimé, quelles étaient tes joies et tes tristesses...
Vivais-tu dans un pays chaud, sous un ciel pur?...
Qui aimais-tu? qui t'aimait avant moi? Vers qui
pour la première fois ton âme a-t-elle crié?...
Avais-tu une mère? Te caressait-elle quand tu
étais petite fille? Ou, comme les miens, tes premiers regards se sont-ils perdus dans un désert?
As-tu toujours vécu comme aujourd'hui? Quelles
étaient tes espérances? quel avenir rêvais-tu? Lesquels de tes désirs ont été réalisés et lesquels
trompés?... Dis-moi tout!... Pour qui ton cœur
de jeune fille se troubla-t-il pour la première fois?
a qui l'as-tu donné?... Et que faut-il donner pour
l'obtenir? Que faut-il donner pour t'avoir?... Dis-
moi, ma lioubouschka, ma lumière, ma petite
sœur, dis-moi comment je pourrai arriver à toucher ton cœur!...

Ici sa voix se brisa de nouveau, et il pencha son
front. Mais quand il leva les yeux, une terreur
muette le glaça subitement, et ses cheveux se hé-
rissèrent sur sa tête.

Catherine était blême, immobile, les lèvres bleues comme celles d'une morte, le regard fixe et voilé. Elle se leva lentement, fit deux pas, et avec un cri déchirant tomba devant l'image. Des paroles sans suite s'échappèrent de sa bouche, enfin elle s'évanouit. Ordinov, épouvanté, la releva et la porta sur son lit, et il resta près d'elle, interdit, ne sachant que faire. Un instant après, elle ouvrit les yeux, se souleva sur le lit, regarda autour d'elle, puis, saisissant la main d'Ordinov, elle l'attira à elle en s'efforçant de parler. Mais la voix lui manqua. Enfin elle éclata en sanglots. Ses larmes brûlaient la main d'Ordinov.

— J'ai mal, oh! que j'ai mal! bégaya-t-elle avec une peine infinie. Oh! je vais mourir...

Elle voulait parler encore, mais sa langue se roidit et ne put articuler un seul mot. Elle regarda avec désespoir Ordinov, qui ne la comprenait pas. Il s'approcha davantage et tâcha d'écouter... Enfin, il entendit qu'elle disait d'une voix basse, mais nette :

— Ensorcelée! on m'a ensorcelée! perdue!

Ordinov leva la tête et considéra la jeune fille avec un étonnement farouche. Une pensée terrible lui traversa l'esprit et se traduisit sur son visage par un frémissement convulsif.

— Oui, ensorcelée, continua-t-elle, le méchant homme m'a ensorcelée, *lui,* c'est lui qui m'a perdue!... Je lui ai vendu mon âme... Pourquoi donc, pourquoi m'as-tu rappelé ma mère? Pourquoi me tourmenter, toi aussi? Que Dieu te juge et te pardonne!

Elle se remit à pleurer.

— Il dit, — reprit-elle tout bas avec un accent mystérieux, — que quand il sera mort, il viendra chercher mon âme pécheresse... Je suis à lui, il m'a pris mon âme... et il me tourmente! Il me lit dans les livres... Tiens, regarde, voici son livre! voici son livre!... Il dit que j'ai commis un péché mortel... Regarde, regarde donc...

Elle lui tendait un livre. Ordinov ne remarqua pas d'où elle le tirait, il le prit machinalement et l'ouvrit. C'était un volume comparable à ceux des vieux *Raskolniki*[1]. Mais il ne pouvait fixer son attention, le livre lui tomba des mains. Il étreignit doucement Catherine et s'efforça de la calmer.

---

[1] Secte de vieux croyants qui conservent les Écritures telles qu'elles étaient avant les corrections du patriarche Nikon.

— Allons, disait-il, on t'a fait peur, mais je suis auprès de toi maintenant, repose-toi de tout sur moi, ma sœur, mon amour, ma lumière.

— Tu ne sais rien, *rien!* — répondit-elle en crispant ses mains autour de celles d'Ordinov, — je suis toujours ainsi!... J'ai toujours peur... Et alors je vais chez lui. Parfois, pour me rassurer, il fait des incantations, parfois il prend son livre, le plus grand, *et lit sur moi.* Ce sont toujours des choses graves, terribles! Je ne sais trop quoi, je ne comprends pas toujours, mais ma peur redouble. Il me semble que ce n'est pas lui qui parle, mais quelqu'un de méchant, qu'on implorerait en vain, que rien ne pourrait apaiser, et je me sens un poids, un poids sur le cœur!... Et je souffre plus alors, bien plus qu'auparavant!

— Ne va donc pas chez lui! Pourquoi y vas-tu?

— Et pourquoi suis-je venue chez toi? Je ne le sais pas davantage... Il me dit : Prie! prie! Et je me lève, dans le noir de la nuit, et je prie long-temps, longtemps, des heures entières. Souvent je meurs de sommeil, mais la peur me tient éveillée, et alors il me semble qu'un orage s'amoncelle contre moi, qu'un malheur me menace, que les méchants veulent me tuer, et que les saints et les anges refusent de me défendre... et je me remets à prier, à prier, jusqu'à ce que l'image de la Madone me regarde avec miséricorde. Alors je vais me coucher, comme morte. Mais quelquefois je m'endors par terre, à genoux devant l'image, et quelquefois aussi c'est lui qui me réveille : il m'appelle, il me caresse, il me rassure, et je me sens mieux, je me sens forte auprès de lui et je ne crains plus le malheur. Car il a la puissance! Il y a une vertu dans sa parole!

— Mais quel malheur peux-tu craindre? Quel malheur?

Catherine pâlit encore. Ordinov crut voir un condamné à mort qui n'attend plus de grâce.

— Moi? je suis une fille maudite! J'ai tué une âme! Ma mère m'a maudite! J'ai fait le malheur de ma propre mère!...

Ordinov l'étreignit en silence. Elle se serra contre lui avec un tremblement convulsif.

— Je l'ai enfouie dans la terre humide[1], reprit-elle en frissonnant aux visions de l'irrémissible passé. — Il y a longtemps que je veux parler.

[1] Expression russe : j'ai causé sa mort.

Mais il me le défend toujours; il me supplie de me taire, et pourtant, par ses reproches, par ses colères, c'est lui-même quelquefois qui ranime toutes mes souffrances. C'est mon ennemi, mon bourreau. Et dans la nuit tout me revient, comme à présent... Écoute, écoute! — Il y a longtemps déjà que tout cela est arrivé, il y a bien longtemps! Je ne sais même plus quand, et pourtant je revois tout comme si c'était d'hier, comme un rêve de la veille qui m'aurait serré le cœur durant toute la nuit. Le chagrin abrége le temps... Mets-toi, mets-toi plus près de moi. Je te dirai tout mon malheur, et si tu peux m'absoudre, moi qu'une mère a maudite, je te donnerai ma vie.

Ordinov voulut l'interrompre, mais elle joignit les mains en lui demandant de l'écouter au nom de son amour, et, dominée par une toujours croissante inquiétude, elle se mit à parler. Ce fut un récit sans suite, le flux et le reflux d'une âme en tempête. Mais Ordinov comprit tout, car leurs vies s'étaient mêlées, et leurs malheurs; et dans chacune des paroles de Catherine, il voyait, reconnaissait son propre ennemi. N'était-ce pas le vieillard de ses rêves d'enfant, — Ordinov le

croyait, — qui tyrannisait cette pauvre âme de
naïve jeune fille et la profanait avec une inépuisable méchanceté?

— ...C'était une nuit comme celle-ci, mais
plus orageuse. Le vent hurlait dans notre forêt!...
Je ne l'avais jamais entendu si fort, ou bien me
semblait-il qu'il en fût ainsi, parce que cette nuit
devait être celle de mon malheur?... Sous notre
fenêtre un chêne fut rompu. C'était un arbre
splendide : un vieux mendiant disait que, déjà
dans son enfance, il l'avait vu tel, aussi grand,
aussi beau. Dans cette même nuit... oh! oui, je
me rappelle tout comme si c'était hier!... Dans
cette même nuit les barques de mon père furent
détruites sur la rivière, et lui, quoique malade, il
alla, aussitôt que les pêcheurs vinrent le prévenir,
à la fabrique, voir lui-même le désastre. Nous res-
tâmes seules, ma mère et moi. Je sommeillais.
Elle était triste, et pleurait à chaudes larmes...
ah! je sais bien pourquoi! Elle venait d'être
malade, elle était toute pâle encore et me disait
de lui préparer son linceul... Tout à coup, à
minuit, on entend frapper à la porte; je sursaute
sur mon lit, ma mère jette un cri, je la regarde en

tremblant, puis je prends la lanterne, et vais, toute seule, ouvrir la porte cochère.... C'était *lui!* Ma peur redouble. J'avais toujours eu peur de lui, toujours, aussi loin que je puis me rappeler! Il n'avait pas encore les cheveux blancs, sa barbe était noire comme du goudron; ses yeux, deux charbons ardents! Et pas une seule fois encore il ne m'avait regardée avec douceur.

— Ta mère est-elle à la maison? me demanda-t-il.

— Mon père n'y est pas, dis-je, et je fermai la petite porte.

— Je le sais bien...

Et tout à coup il me regarda, il me regarda d'une telle façon!...

C'était la première fois qu'il me regardait ainsi. Je fis quelques pas, il restait immobile.

— Pourquoi ne venez-vous pas?

— Je réfléchis [1].

Nous allions entrer dans la chambre.

— Pourquoi m'as-tu dit que ton père n'est pas à la maison, quand je t'ai demandé si ta mère y était?

[1] Mot à mot : Je pense une pensée.

Je ne répondis pas... Ma mère parut effrayée et se jeta vers lui : il la regarda à peine. — Je remarquais tout cela. — Il était mouillé, il grelottait; l'orage l'avait poursuivi pendant vingt verstes. D'où venait-il? où habitait-il? Ma mère ne le savait pas plus que moi. Il y avait déjà neuf semaines que nous ne l'avions vu... Il jeta son bonnet, ôta ses gants. Mais il ne pria pas devant l'image, ne salua personne et s'assit auprès du feu...

Catherine passa la main devant ses yeux comme pour écarter une apparition pénible, mais un instant après elle releva la tête et poursuivit :

— Il se mit à parler avec ma mère en langue tartare. Je ne connais pas cette langue. — D'ordinaire, quand il venait, on me renvoyait. Mais, cette nuit-là, ma pauvre mère n'osa dire un mot à son propre enfant, et moi, moi, dont déjà l'esprit immonde envahissait l'âme, j'avais une sorte de mauvaise joie à voir l'horrible embarras de ma mère... Je vois qu'on me regarde, qu'on parle de moi. Elle se met à pleurer. Tout à coup je le vois prendre son couteau... (Et ce n'était pas la première fois : depuis quelque temps il mena-

çait souvent ma mère...) Je me lève, je me pends
à sa ceinture, je cherche à lui arracher son couteau : il grince des dents, veut me repousser,
me frapper dans la poitrine, mais sans réussir
à se défaire de moi. Je pense que ma dernière heure est venue, mes yeux se convulsent, je
tombe par terre, mais sans crier. Alors je le vois
ôter sa ceinture, retrousser sa manche, et me tendant le couteau et me montrant son bras nu, il
me dit : « Coupe donc! je t'ai offensée, venge-toi,
orgueilleuse fille, et je te saluerai jusqu'à terre. »
Je prends le couteau et le jette, les yeux baissés et en
souriant sans desserrer les lèvres. Puis je regarde
les yeux tristes de ma mère, je la regarde impu-
demment, et mon insolent sourire ne quitte pas
mes lèvres. Ma mère était pâle comme une morte...

Ordinov écoutait attentivement cet incohérent
récit. Mais peu à peu l'intensité même de ses souvenirs calma la pauvre fille. Comme un flot dans
la mer, son angoisse actuelle se dispersait dans
son ancien malheur.

— Il remit son bonnet sur sa tête, sans saluer.
Je repris la lanterne pour l'accompagner, au lieu
de ma mère qui, toute malade, voulait le suivre.

Nous gagnons sans parler la porte cochère. J'ouvre la petite porte, et je repousse les chiens. Alors je le vois ôter son chapeau et me saluer. Puis il tire de sa poche une petite boîte en cuir rouge, il l'ouvre, et j'y vois briller une quantité de diamants : « J'ai, me dit-il, dans le faubourg une liouba, et je voulais les lui offrir. Mais c'est toi qui les auras, belle fille. Ornes-en ta beauté, prends-les, fût-ce pour les fouler aux pieds. » Je les pris, je ne les foulai pas aux pieds (dans ma pensée, je ne voulais pas lui faire tant d'honneur...). Je les pris par méchanceté, sachant bien ce que j'en voulais faire, et, rentrée dans la chambre, je les mis sur la table devant ma mère. Elle resta un moment silencieuse, comme si elle eût redouté de me parler. Puis elle pâlit encore et me dit :

— Qu'est-ce donc, Katia?

— C'est pour toi, ma mère; le marchand t'a apporté cela, je ne sais rien de plus.

Des larmes lui jaillirent des yeux, la respiration lui manqua.

— Ce n'est pas pour moi, Katia, ce n'est pas pour moi, méchante fille, ce n'est pas pour moi!...

Je me rappelle avec quelle amertume, oh! avec

quelle amertume! elle me dit cela. Toute son
âme pleurait! Je la regardai, j'eus un instant
l'envie de me jeter à ses pieds, mais le mauvais
esprit me ressaisit aussitôt.

— Eh bien! dis-je, si ce n'est pas pour toi,
c'est sans doute pour mon père. A son retour je lui
donnerai cette boîte et je lui dirai : Des marchands sont venus et ont oublié chez nous leur
marchandise.

Alors ma mère pleura de plus belle, ma pauvre
mère!

— Je lui dirai moi-même quels marchands sont
venus et quelle marchandise ils venaient prendre...
Je lui apprendrai quel est ton père, fille sans cœur!
Tu n'es plus ma fille, tu es un serpent... tu es
maudite!

Je garde le silence, les larmes ne me viennent
pas... Ah! c'était comme si tout fût mort en moi à
ce moment... Je rentrai dans ma chambre, et
toute la nuit j'entendis l'orage, et en moi aussi, il
y avait un orage.

Cependant cinq jours se passent. Vers le soir du
cinquième jour arrive mon père, morne, menaçant. Il dit qu'il est tombé malade en route. Mais

je vois sa main bandée de linge, je comprends qu'il a rencontré un ennemi sur sa route, et quelle est sa maladie. Je devine aussi quel est cet ennemi; je m'explique tout. Il ne parle pas à ma mère, ne me demande pas, appelle tous les ouvriers, ordonne d'arrêter le travail dans la fabrique et de s'apprêter à défendre la maison... Mauvais signes, tout cela... Et nous attendons, et la nuit commence, — encore une nuit d'orage. J'ouvre ma fenêtre, je pleure, et mon cœur me brûle. Je voudrais m'échapper de ma chambre, m'en aller loin, loin, au bout du monde, là où naissent l'éclair et l'orage... et ma poitrine de jeune fille s'agite violemment. Tout à coup, déjà tard, — étais-je assoupie, au plutôt mes pensées s'étaient-elles égarées? — j'entends frapper à la vitre.

— Ouvre!

Je vois un homme escalader ma fenêtre au moyen d'une corde, et je reconnais aussitôt cet hôte inattendu. J'ouvre, et je le laisse entrer dans ma chambre. Sans ôter son bonnet, il s'assied sur le banc, haletant, presque sans respiration, comme un homme poursuivi, et qui a couru longtemps. Je m'écarte, et sans savoir pourquoi je me sens pâlir.

— Le père est à la maison?

— Oui.

— Et la mère?

— Ma mère aussi.

— Alors, tais-toi, écoute : entends-tu?

— J'entends

— Quoi?

— Siffler sous la fenêtre.

— Eh bien! belle fille, veux-tu faire tomber la tête d'un ennemi? Appelle ton père et damne ton âme! je t'obéirai. Prends cette corde et lie-moi si le cœur t'en dit. C'est une occasion de te venger.

Je garde le silence.

— Parle donc!

— Que veux-tu?

— Je veux me délivrer d'un ennemi, faire, comme je le dois, mes adieux à mon ancienne liouba, et à la nouvelle, à la jeune, à toi, belle fille, donner mon âme!

Je me mis à rire. Je ne puis m'expliquer comment j'avais pu comprendre son cynique langage.

— Laisse-moi donc, belle fille, entrer dans la maison, saluer les maîtres...

Je frémis, mes dents claquent. Pourtant je vais ouvrir la porte, je le laisse entrer dans la maison, et seulement sur le seuil, réunissant mes forces, je lui dis :

— Prends donc tes diamants et ne me fais plus de cadeau... Et je lui jetai la boîte.

Ici Catherine s'arrêta pour reprendre haleine. Elle frissonnait comme une feuille. Le sang lui montait au visage, ses yeux étincelaient à travers ses larmes, et une respiration sifflante soulevait sa poitrine. Puis elle pâlit de nouveau et reprit d'une voix basse, tremblante, triste, inquiète :

— Alors je suis restée seule. Il me semblait que l'orage m'enserrait de toutes parts. Tout à coup un cri retentit, puis un bruit de pas précipités dans la cour, et j'entendis cette clameur : La fabrique est en feu !... Je me blottis dans un coin. Tout le monde partit. Il ne restait dans notre maison que ma mère et moi, et je savais qu'elle était mourante. Depuis trois jours elle ne quittait plus le lit où elle devait mourir. Et je le savais, fille maudite !... Un nouveau cri... au-dessous de ma chambre... un cri faible comme celui d'un enfant qui rêve... puis le silence. J'éteins ma bougie, mon sang se glace, je cache mon visage dans mes mains, j'ai peur de regarder. Encore une clameur, toute proche : les ouvriers reviennent de la fabrique. Je me penche à la fenêtre, je vois mon père porté sur une civière, mort, j'entends qu'ils disent entre eux : « Il a fait un faux pas. Il est tombé de l'échelle dans la cave chauffée à blanc, c'est le diable qui l'y a poussé... » Je me jette sur mon lit et j'attends, toute roide, sans savoir qui ni quoi j'attends. Combien de temps restai-je ainsi? Je ne m'en souviens plus. Je sais seulement que je me sentais comme balancée, la tête lourde; la fumée me piquait les yeux, et j'étais heureuse de penser que j'allais bientôt mourir. Tout à coup je sens qu'on me soulève par les épaules, je regarde autant que la fumée me le permet : lui! lui tout brûlé, son cafetan plein de cendres!...

— Je viens te chercher, belle fille. Sauve-moi, puisque c'est toi qui m'as perdu. Je me suis damné pour toi! Car comment jamais expier cette nuit maudite?... Peut-être, si nous priions ensemble...

Et il riait, l'homme épouvantable!

— Montre-moi par où il faut sortir pour éviter les gens.

Je pris son bras et le conduisis. Nous passâmes le corridor, — j'avais les clefs, — j'ouvris la porte d'un cabinet noir, et lui montrai la fenêtre : elle donnait sur le jardin. Il me saisit entre ses bras puissants et sauta avec moi de la fenêtre. Nous courûmes longtemps en nous tenant par la main, et nous atteignîmes une forêt épaisse et sombre. Là il s'arrêta pour écouter.

— On nous poursuit, Katia, on nous poursuit, belle fille! Mais l'heure de la mort n'est pas encore venue. Embrasse-moi, belle fille, pour le bonheur et l'amour éternel!

— Et pourquoi vos mains sont-elles ensanglantées?

— J'ai coupé la gorge de vos chiens, ma chère. Ils aboyaient contre l'hôte tardif... Allons!

Nous nous remettons à courir. Au détour d'un sentier nous apercevons le cheval de mon père. Il avait rompu sa bride et s'était sauvé de l'écurie : il n'avait pas voulu se laisser brûler!...

— Monte avec moi, Katia, Dieu nous envoie un aide... Tu ne veux pas? Tu as peur de moi? Je ne suis pas un hérétique, un impur; je vais me signer si tu veux!

Et il se signa. Je montai, il me serra contre lui, sur sa poitrine, et je m'oubliai, comme dans un rêve... Quand je revins à moi, nous étions au bord d'un large fleuve. Nous descendîmes, il s'avança dans l'oseraie, et j'aperçus bientôt une petite barque qu'il y avait cachée.

— Adieu, dit-il, adieu, bon cheval! cherche un nouveau maître, les anciens t'abandonnent tous.

Je me jetai vers le cheval de mon père et je l'embrassai. Puis nous nous assîmes dans la barque, il prit les rames, et bientôt nous perdîmes de vue le bord. Alors il leva les rames et regarda tout autour sur l'eau.

— Salut! cria-t-il, Volga, ma mère, mon beau fleuve orageux, la fontaine inépuisable où boivent tous les enfants de Dieu! Ma mère nourricière! As-tu surveillé mon bien pendant mon absence? Mes marchandises sont-elles en bon état?... Eh! prends tout, si tu veux, l'orageux, l'insatiable! mais permets-moi de garder, de caresser ma perle sans prix!... Et toi, dis donc un mot, belle fille, un seul mot! Éclaire l'orage, soleil! Lumière, dissipe la nuit!

Il parlait et riait à la fois, pour me rassurer;
mais je ne pouvais supporter son regard. Je brû-
lais de honte. Il m'était impossible de parler. Il le
comprit.

— Soit! dit-il, — sa voix était pleine de tristesse, — soit! On ne peut rien contre la nécessité.
Que Dieu te pardonne, ma colombe, orgueilleuse
et belle fille! Mais se peut-il que tu me haïsses à ce
point? Suis-je donc si répugnant, déjà!

J'écoutais, et la colère me prenait, — mais
c'était *la colère d'amour!*

— Que je te haïsse ou non, cela ne te regarde
pas! Où aurais-tu trouvé une autre jeune fille
assez insensée, assez effrontée pour t'ouvrir sa
chambre dans le noir de la nuit? Je t'ai vendu
mon âme par un péché mortel! Mon cœur était
fou, je n'ai pu le retenir! Je me suis préparé bien
des larmes!... Mais toi, ne te réjouis pas du malheur d'autrui comme un voleur! Ne te ris pas
d'un cœur de jeune fille!...

Je dis tout cela malgré moi et j'éclatai en sanglots. Il me regarda silencieusement, et son regard
me fit trembler.

— Écoute donc, belle fille! me dit-il, et ses

yeux brillaient d'un éclat surnaturel. Ce n'est pas une vaine parole que je vais te dire. Tant que tu voudras me donner du bonheur, tu seras à moi. Mais s'il t'arrive de ne plus m'aimer, ne parle pas, ne dépense pas de mots inutiles. Pas de contrainte! Mais fronce seulement tes sourcils de zibeline, détourne seulement ton œil noir, remue seulement ton petit doigt, et je te rendrai ton amour avec ta chère petite liberté dorée. Mais alors, ô ma beauté orgueilleuse, je mourrai!

Et je sentis toute ma chair sourire à ces paroles.

Une émotion profonde interrompit Catherine. Mais elle reprenait déjà haleine tout en souriant à une nouvelle pensée et se disposait à continuer, quand son regard rencontra le regard enflammé d'Ordinov rivé sur elle. Elle tressaillit, voulut parler, mais le sang lui afflua au visage. Comme prise de folie, elle se jeta sur l'oreiller... Ordinov était plein d'un trouble infini. Il lui semblait que du poison brûlait son sang. Et c'était une souffrance aiguë qui augmentait avec chaque mot du récit de Catherine. Il se sentait saisi d'un emportement sans but, d'une passion vaine et invincible. Par moments il voulait crier à la jeune fille :

« Tais-toi! » Il voulait se jeter à ses pieds, la supplier de lui rendre la douceur de ses premières souffrances, alors qu'il ignorait tout d'elle, de lui rendre ses premiers élans, si vagues et si purs, ses premières larmes déjà depuis longtemps séchées. Et maintenant ses larmes ne pouvaient plus couler, le sang inondait son cœur; il ne comprenait plus ce que lui disait Catherine, il avait peur d'elle. A cette heure, il maudissait son amour; il suffoquait, ce n'était plus du sang, mais du plomb fondu qui coulait dans ses veines.

— Ah! ce n'est pas cela mon plus grand chagrin, dit Catherine en relevant subitement la tête, ce n'est pas cela mon chagrin, ce n'est pas cela! répéta-t-elle d'une voix changée, tout le visage contracté et les yeux secs, ce n'est pas cela! ce n'est pas cela! On n'a qu'une mère et je n'en ai plus, et pourtant que m'importe ma mère! Que m'importe la malédiction de son atroce dernière heure! Que m'importe ma vie de jadis! et ma chambrette chaude! et ma liberté de jeune fille! Séduction, trafic de mon âme et le péché éternel pour un instant de bonheur, que m'importe! Ce n'est pas cela! ce n'est pas cela, quoique cela soit

ma perte! Mon plus grand chagrin, celui qui me
rend l'âme amère, c'est que je suis l'esclave en-
chantée de ma honte, c'est que j'aime mon oppro-
bre, c'est que je me complais comme en un bonheur au souvenir de mon déshonneur! Voilà ma
misère! Mon cœur est sans force et sans colère
contre mon péché...

La respiration lui manqua, un sanglot hystéri-
que lui serra la gorge, un souffle saccadé dessé-
chait ses lèvres, sa poitrine se soulevait et s'abaissait profondément, une indignation étrange enflammait son regard. Mais en ce même moment
tant de charme était répandu sur son visage, chaque ligne de ses traits vibrait d'une telle beauté,
tant de passion y éclatait que les pensées noires
d'Ordinov se dissipèrent et qu'il ne se sentit plus
qu'un désir : presser son cœur contre le cœur de
la jeune fille, et laisser son cœur tout oublier près
de ce cœur et battre du même rhythme orageux.
Leurs regards se rencontrèrent, elle sourit et il se
sentit pris entre un double courant de feu...

— Pitié! grâce! — soupira-t-il. Sa voix tremblait, il était si près d'elle que leurs souffles se
confondaient. — A ton tour tu m'as ensorcelé. Je

ne sais pas ton chagrin, mais je vois que mon âme a perdu son repos... Oublie-le, ton chagrin! et dis-moi ce que tu voudras, ordonne, je t'obéirai! Mais viens avec moi! Ne me laisse pas mourir!

Catherine le regardait sans bouger. Elle voulut l'interrompre, prit sa main, mais les paroles lui manquèrent. Un singulier sourire apparut lentement sur ses lèvres, et l'on eût dit que le rire voulait percer sous ce sourire.

— Je ne t'ai pas tout dit, reprit-elle enfin, d'une voix exaltée, j'ai bien des choses encore à te conter. Mais voudras-tu les entendre, voudras-tu les entendre, cœur ardent ? Écoute ta sœur, tu n'as sans doute pas encore compris tout son malheur. Je pourrais te dire comment j'ai vécu avec lui tout un an, mais je ne te le dirai pas... et quand l'année fut écoulée, il descendit avec ses amis vers le fleuve, et je restai seule, à l'attendre, chez celle qu'il appelait sa mère. Je l'attendis un mois, deux mois. Puis, un jour, je rencontre dans le faubourg un jeune marchand. Je le regarde, et le souvenir de mes années jolies, de mes premières années, me revient.

— Lioubouchska, sœur, me dit-il après avoir

échangé avec moi quelques paroles, je suis Alioscha, ton fiancé. Te souviens-tu que les vieillards nous ont fiancés quand nous étions encore enfants? M'as-tu oublié? Rappelle-toi, je suis de ton pays...

— Et que dit-on de moi dans notre pays?

Alioscha sourit.

— On raconte que tu te conduis mal, me répondit-il, que tu as oublié ta vertu de jeune fille et que tu vis avec un brigand, un preneur d'âmes.

— Et toi, que dis-tu de moi?

Il tressaillit.

— Je ne disais rien de bon, je ne disais rien de bon... Mais je me tais depuis que je te vois. Ah! tu m'as perdu! Achète-moi donc, toi aussi, mon âme, prends-la, prends mon cœur, belle fille, joue-toi de mon amour. Je suis orphelin, maintenant, je suis mon maître, mon âme n'appartient qu'à moi. Je n'ai pas fait comme une certaine fille qui a tué en elle le souvenir, je n'ai pas vendu mon âme. Et que disais-je : Achète-la! Elle n'est pas à vendre, je la donne pour rien : c'est par-de~ ɔle marché!

Je me mis à rire, et ce n'est pas une seule fois

ni deux qu'il me tint ce langage. Il demeura tout
un mois à la campagne, abandonnant ses marchandises, ses amis. Il vécut seul, tout seul. J'eus
pitié de ses larmes d'orphelin. Un matin je lui
dis :

— Alioscha, aujourd'hui à la tombée de la nuit,
attends-moi auprès de la berge. Nous irons ensemble chez toi. J'en ai assez, de ma vie de misère.

La nuit vient. Je fais un petit paquet de mes
hardes. J'avais le cœur triste à la fois et joyeux.
Tout à coup, je vois entrer mon patron. — Je ne
l'attendais pas.

— Bonjour !... Viens vite, il y aura un orage
sur la rivière, et le temps passe.

Je le suivis. Nous prenons le chemin de la rivière. Il y avait loin! Nous apercevons un petit
bateau. Un rameur que je connais bien y est assis : on devine à son attitude qu'il attend quelqu'un.

— Bonjour, Alioscha. Dieu te soit en aide !
Quoi? tu t'es attardé et tu vas maintenant te hâter
pour rejoindre tes barques? Emmène-nous, mon
bon garçon, ma femme et moi, vers nos amis. Il y

a loin, j'ai laissé partir le bateau, et je ne pourrais faire toute cette distance à la nage.

— Viens donc, dit Alioscha.

Toute mon âme tressaillit en entendant sa voix.

— Assieds-toi, continua-t-il, le vent est à tout le monde, et tout le monde aura sa place dans mon palais de planches.

Nous montons. La nuit est sombre; pas d'étoiles, grand vent; les vagues s'élèvent, et nous sommes déjà à une verste du bord.

Personne encore n'a parlé.

— Un orage, dit mon patron, un orage sérieux. Depuis que je me connais, je n'en ai pas encore vu de pareil sur la rivière. Ce sera tout à l'heure une vraie tempête. Ce bateau est trop chargé, et nous ne pourrons y tenir trois.

— Non, nous ne pourrons y tenir trois; il paraît que l'un de nous est de trop.

En prononçant ces mots, la voix d'Alioscha tremblait comme une corde de violon.

— Eh bien, Alioscha, je t'ai connu petit enfant. J'étais le camarade de ton père, et nous mangions ensemble le pain et le sel. Dis-moi donc, Alioscha, ne pourrais-tu pas atteindre le bord sans

le bateau, ou préfères-tu perdre pour rien ton
âme?

— Non, je n'irai pas. Et toi, brave homme?
S'il t'arrive de boire un coup de trop en route, eh
bien, c'est un mauvais moment à passer.

— Je n'irai pas non plus, la rivière ne me por-
terait pas. Or, écoute maintenant, toi, Catheri-
nouschka, mon trésor. Je me rappelle une nuit
semblable. Seulement les vagues étaient moins
grosses, et les étoiles brillaient, et la lune. Je
veux tout simplement te demander si tu as oublié
cet nuit-là.

— Je m'en souviens, dis-je.

— Tu te souviens donc aussi, n'est-ce pas?
d'un certain pacte; comment un homme de cœur
expliqua à une belle fille de quelle manière, quand
il ne lui plairait plus, elle pourrait lui reprendre
sa chère liberté?

— Je m'en souviens aussi.

Je ne savais plus si je vivais où si j'étais
morte.

— Tu t'en souviens aussi? eh bien, voici que
nous sommes un de trop dans ce bateau. L'. eure
de l'un de nous a sonné. Dis-nous donc, ma

6.

chère, dis-nous, ma colombe, duquel des deux c'est l'heure, ne dis qu'un mot...

Je n'ai pas dit ce mot...

Catherine n'acheva pas.

— Catherine! appela derrière eux une voix, une voix sourde et enrouée.

Ordinov tressaillit. Mourine était à la porte. A peine couvert d'une fourrure, horriblement pâle, il les couvrait d'un regard presque fou. Catherine pâlit et le regarda aussi, fixement, comme fascinée.

— Viens chez moi, Catherine, dit le malade d'une voix à peine intelligible, et il sortit de la chambre.

Catherine continuait à regarder le seuil comme si le vieillard était encore devant elle. Mais tout à coup son sang brûla ses joues pâles, elle se leva lentement.

Ordinov se rappela leur première rencontre.

— A demain donc, *mes larmes!* — dit-elle avec un bizarre sourire. Rappelle-toi où j'en suis restée : « *Choisis des deux, belle fille, qui te plaît et qui te déplaît!* » T'en souviendras-tu? attendras-tu encore une petite nuit?

Elle posa ses mains sur les épaules du jeune homme et le regarda tendrement.

— Catherine, n'y va pas, n'achève pas ton malheur! il est fou...

— Catherine! cria-t-on derrière la cloison.

— Eh bien, quoi! Il me tuera peut-être! répondit Catherine avec le même sourire. Bonne nuit à toi que je ne me lasserais jamais de contempler, mon pauvre frère!...

Sa tête roulait sur la poitrine d'Ordinov, et de nouvelles larmes arrosaient son visage.

— Ce sont mes dernières larmes! Endors ton chagrin, mon doux ami. Demain tu te réveilleras plus joyeux... — Et elle l'embrassa passionnément.

— Catherine! Catherine! murmura Ordinov en tombant à genoux devant elle, et en s'efforçant de la retenir, — Catherine!

Elle se retourna, lui fit un signe de tête en souriant, et sortit de la chambre. Ordinov l'entendit entrer chez Mourine. Il retint son souffle et écouta; le vieillard se taisait, ou peut-être avait-il de nouveau perdu connaissance. Ordinov n'entendit plus rien. Il voulut aller lui-même chez le vieillard, mais ses jambes se dérobèrent, et il s'affaissa sur le lit.

V

Longtemps après qu'il se fut éveillé, Ordinov ne put se rendre compte de l'heure. Était-ce le crépuscule du matin ou celui du soir? Combien de temps avait duré son sommeil? En tout cas, il sentait que ce sommeil avait été morbide. Il passa la main sur son visage comme pour écarter les fantômes de la nuit. Mais quand il voulut se lever, ses membres brisés lui refusèrent leur service. La tête lui tournait, il frissonnait. En même temps que la conscience, la mémoire lui revenait, et il tressaillit en revivant en un seul éclair de souvenir toute la nuit précédente. Ses sensations étaient si vivantes qu'il ne pouvait se croire séparé de cette nuit par de longues heures : n'était-ce pas à l'instant même? Catherine ne venait-elle pas de le quitter? Ses yeux étaient mouillés de larmes :

étaient-ce les larmes de cette nuit terrible, ou des larmes nouvelles? Et, chose étrange, sa souffrance lui était douce, quoiqu'il sentît clairement que son organisme ébranlé ne pourrait supporter une seconde secousse semblable. Un instant, se croyant près de mourir, — tant ses impressions s'exaltaient! — il s'apprêtait à recevoir la mort comme un hôte désiré. Puis un si puissant transport envahit son âme que son activité vitale se tendit à se rompre. Son âme brûlait, flambait à se consumer en un moment, à s'éteindre pour toujours.

Soudain une voix chanta. C'était une harmonie comparable à ces musiques intérieures familières à l'âme aux heures de joie. Tout près de lui, presque au-dessus de sa tête, la voix claire et ferme de Catherine chantait une chanson douce et monotone. La voix montait, s'abaissait, puis expirait en une plainte, comme si elle s'absorbait en l'angoisse intime d'un désir inassouvi, maîtrisé, dérobé sans issue au fond d'un cœur languissant. Puis elle reprenait en roulades de rossignol, parfait symbole d'une invincible passion, et s'épandait en une mer d'harmonies puissantes comme les premières heures de l'amour. On distinguait aussi les

paroles, simples, sentimentales, merveilleusement
appropriées à la mélodie. Mais Ordinov les oubliait. La musique seule le touchait. Au simple et
naïf récitatif, il substituait d'autres paroles qui
répondaient mieux aux détours cachés, — cachés
à lui-même! — de sa propre passion, des paroles
toutes pleines d'*elle!* Et c'était tantôt le dernier
gémissement de la passion sans espérance, tantôt,
au contraire, le cri de joie du cœur qui a enfin
brisé ses chaînes et se livre, libre et serein, à un
noble amour. Et tantôt, c'étaient les premiers
serments de l'amante, la pudeur parfumée des
premières rougeurs, et l'éclair des larmes, et les
chuchotements mystérieux et timides; tantôt le
désir stérile d'une vestale, orgueilleuse et joyeuse
de sa force, sans voiles, sans mystères, et qui,
avec un rire lumineux, ouvre largement ses yeux
enivrés...

Ordinov n'attendit pas la fin de la chanson, il
se leva, et la chanson s'interrompit aussitôt.

— Ce n'est plus ni bon matin, ni bonjour qu'on
peut te dire, mon désiré. Bonsoir! Lève-toi, viens
chez nous, viens pour que je me réjouisse. Nous
t'attendons, le patron et moi, tous deux prêts à

te servir. Éteins ta haine dans ton amour, si le ressentiment de l'offense habite encore ton cœur. Dis une bonne parole.

Ordinov suivit Catherine. Il comprenait à peine qu'il allait chez le logeur. La porte s'ouvrit devant lui, et clair comme le soleil lui apparut le sourire de sa merveilleuse logeuse. Il ne vit, il n'entendit qu'elle, et son cœur déborda de joie.

— Il y a deux aubes de passées depuis que nous nous sommes vus, dit-elle en lui tendant la main. La deuxième soirée s'achève, regarde le ciel. Ce sont les deux aubes de l'âme d'une jeune fille, — ajouta-t-elle en riant, — celle qui fait rougir de la première honte son visage, quand son âme seulette parle pour la première fois, et la seconde, l'aube brûlante qui fait monter à son front son sang vermeil. Viens chez nous, viens, bon garçon. Pourquoi rester sur le seuil? Honneur et amour à toi! Reçois le salut du patron.

Avec un rire musical, elle prit Ordinov par la main et le fit entrer.

Il baissa les yeux, craignant de la regarder. Il sentait qu'elle était si merveilleusement belle qu'il ne pourrait supporter sa vue. Et jamais, en

effet, elle n'avait été si belle! Le rire d'une joie
réelle étincelait pour la première fois sur son
visage. Sa main frémissait dans celle d'Ordinov,
et, s'il avait levé les yeux, il aurait vu un sourire
vainqueur illuminer ceux de la jeune fille.

— Lève-toi donc, vieillard! dit-elle enfin comme
si elle revenait à elle. Dis à notre hôte une parole
affable. Un hôte est un frère. Lève-toi, homme
altier, orgueilleux vieillard. Salue ton hôte, et
prends-le par sa main blanche[1].

Pour la première fois Ordinov pensa à Mourine.
Les yeux du vieillard semblaient s'éteindre dans
une angoisse suprême. Il regardait fixement Ordinov, avec ce même regard chagrin et fou qu'Ordinov n'avait pas oublié. Mourine était couché,
mais à demi vêtu, et, sans doute, il était déjà sorti
dans la matinée. Son cou était couvert d'un foulard
rouge. Il portait des pantoufles. Évidemment la
maladie commençait à le quitter, mais il était
encore terriblement pâle et jaune. Catherine,
auprès de lui, s'appuyait d'une main à la table, et
les observait attentivement. Mais le sourire ne

---

[1] Expression russe.

quittait pas ses lèvres. Il semblait que tout se fît par sa volonté.

— Ah! c'est toi, dit Mourine se levant, et s'asseyant sur son lit, c'est toi, mon locataire. J'ai des torts envers toi, barine, je t'ai offensé sans le savoir, j'ai joué du fusil. Mais qui diable eût pu croire que tu étais épileptique? Moi aussi, — ajouta-t-il d'une voix enrouée en fronçant le sourcil, et en détournant involontairement les yeux. — Quand le malheur vient, il ne frappe pas à la porte, il entre comme un voleur. N'ai-je pas failli, l'autre jour, lui mettre un couteau dans le cœur, à elle-même! Je suis malade, j'ai des crises. Maintenant, tu sais tout. Assieds-toi, et sois mon hôte.

Ordinov le regardait à son tour fixement.

— Assieds-toi donc, assieds-toi! cria le vieillard avec impatience, assieds-toi, puisqu'elle le veut! Alors vous voilà devenus frère et sœur? Vous vous aimez comme deux amoureux...

Ordinov s'assit.

— Regarde donc ta sœur, — continua le vieillard en riant, et en découvrant ses deux rangées de dents blanches, dont pas une ne manquait. A votre aise! Est-elle belle, ta sœur, barine? réponds-moi. Regarde donc comme ses joues sont roses! Regarde-la donc, rends hommage à sa beauté, montre que ton cœur saigne pour elle!

Ordinov jeta au vieillard un regard irrité. Mourine tressaillit sous ce regard. Une rage sourde bouillonnait dans la poitrine du jeune homme. Une sorte d'instinct animal l'avertissait qu'il était en présence de son ennemi mortel. Mais il ne s'expliquait pas le comment et le pourquoi de cette rencontre. Son esprit était comme paralysé.

— Ne regarde pas... dit une voix derrière lui. Il se retourna.

— Ne regarde pas, ne regarde pas, te dis-je, puisque le mauvais esprit te tente. Aie pitié de ta liouba!

Et soudain, tout en souriant, elle couvrit de sa main, par derrière, les yeux du jeune homme. Puis aussitôt, elle ôta ses mains, et en couvrit son propre visage. Mais elle sentit que le rouge de ses joues se voyait entre ses doigts, et elle voulut affronter sans crainte les rires et les regards des deux hommes. Tous deux la considéraient en silence, Ordinov avec une sorte d'étonnement amoureux, comme s'il voyait pour la première fois une si redoutable beauté, le vieillard attentivement et froidement. On ne pouvait rien lire sur son visage impassible, seulement ses lèvres bleuissaient et frémissaient légèrement.

Catherine s'approcha de la table, enleva les livres, les papiers, et posa le tout sur la fenêtre. Elle respirait précipitamment, avec saccades, et parfois elle aspirait l'air avec avidité, comme s'il allait lui manquer. Sa poitrine ronde s'enflait, et s'abaissait comme une vague près du bord. Elle avait les yeux baissés, et ses cils noirs brillaient, comme des aiguillons fraîchement aiguisés, sur ses joues claires.

— Fille de czar! dit le vieux.

— Ma reine!... murmura Ordinov. Mais aussitôt, il reprit sa présence d'esprit en sentant peser sur lui le regard du vieillard, un regard tout étincelant de méchanceté et de froid mépris. Ordinov voulut se lever. Mais une force invincible clouait ses pieds au sol. Il se rassit en crispant ses poings. Il ne pouvait croire que tout cela fût réel. Il s'imaginait être la proie d'un cauchemar, et que le sommeil morbide pesait encore sur ses paupières.

Et, chose étrange, il n'avait pas le désir de s'éveiller.

Catherine ôta le vieux tapis, ouvrit un coffre, y prit un tapis précieux tout brodé de soie écarlate et or, et en couvrit la table. Puis, d'un antique nécessaire de voyage en argent, elle sortit trois gobelets du même métal, et, d'un regard solennel et presque rêveur, elle invita le vieillard et l'hôte.

— Qui de nous, dit-elle, n'a pas les sympathies des autres ? En tout cas, il a la mienne, et boira avec moi, car vous me plaisez tous deux, vous êtes tous deux mes frères. Buvons donc à tous pour l'amour et pour la concorde.

— Oui, dit le vieillard d'une voix émue, buvons et noyons dans le vin les pensées noires ! Verse, Catherine.

— Et toi, ordonnes-tu de verser ? demanda Catherine à Ordinov.

Il tendit silencieusement son gobelet.

— Un instant !... Que celui de nous qui a, à cette minute même, un désir, le voie réalisé ! dit le vieillard en levant la main.

Ils trinquèrent et burent.

— A nous deux maintenant, vieillesse ! — dit

Catherine s'adressant au patron. — Si tu as encore, au fond du cœur, de la tendresse pour moi, buvons! Buvons à notre bonheur vécu! Saluons les années finies, saluons-les! Ordonne donc de verser, si tu m'aimes.

— Ton vin est fort, ma colombe, et toi, tu ne fais que mouiller tes lèvres... dit le vieillard en souriant, et il tendit de nouveau son gobelet.

— Eh bien! je vais y goûter, mais tu boiras jusqu'au fond!... Pourquoi vivre, vieillard, avec une pensée pénible? Une pensée pénible rend le cœur languissant. Penser, c'est se chagriner : il faut vivre sans pensées, c'est le bonheur. Bois, vieillard, noie tes pensées.

— As-tu donc tant de chagrin, toi-même, que tu saches si bien le seul moyen de le conjurer? Allons! je bois à toi, Katia, ma blanche colombe!

— Et toi, barine, si tu me permets de te le demander, as-tu du chagrin?

— Si j'en ai, je le garde, murmura Ordinov sans quitter des yeux Catherine.

— As-tu entendu, vieillard? Moi aussi, il n'y a pas longtemps que je sais voir en moi-même. Je n'avais pas de souvenirs, et soudain, quand l'heure est venue, je me suis tout rappelé. Tout ce qui est passé, je l'ai revécu dans mon âme insatiable.

— Il est amer de commencer à se contenter du passé, dit le vieillard mélancoliquement. Le passé, c'est comme le vin bu. Qu'y a-t-il de bon dans le passé? c'est un cafetan usé : on le jette!...

— Et il en faut un nouveau, — saisit au vol Catherine en riant avec effort, tandis que deux grosses larmes se suspendaient à ses cils comme des diamants. — On ne peut vivre seul, fût-ce un instant. Le cœur d'une jeune fille est vivace, et le tien ne battra pas toujours à l'unisson. As-tu compris, vieillard?... Tiens, regarde, une de mes larmes est tombée dans ton verre.

— Est-ce par beaucoup de bonheur qu'on t'a payé ton chagrin? dit Ordinov d'une voix tremblante d'émotion.

— Il est probable, barine, que tu as beaucoup de bonheur à vendre, riposta le vieillard. Pourquoi interviens-tu quand on ne te parle pas? Et il se mit à rire d'un rire amer et silencieux en regardant insolemment Ordinov.

— *J'en ai eu pour mon argent,* — dit Catherine

d'une voix un peu aigre et mécontente. Ce qui
paraît beaucoup à l'un est peu de chose pour
l'autre. L'un veut donner tout sans rien prendre,
l'autre prend et ne donne pas. Et toi, pas de
reproches! ajouta-t-elle en regardant Ordinov
presque durement. Un homme est ainsi, un autre
est autrement. Sais-tu donc quelqu'un pour qui la
vie soit douce?... — Vieillard, verse dans ton
gobelet, verse! Bois au bonheur de ta fille bien-
aimée, ta douce esclave soumise dès le premier
jour, verse et bois!

— Soit! Bois donc aussi, dit le vieillard en
prenant le vin.

— Arrête, vieillard, attends! Laisse-moi d'a-
bord te dire un mot.

Catherine s'accouda snr la table. Ses yeux
passionnés plongeaient au fond de ceux du vieillard. Une résolution singulière se lisait sur son
visage. Ses mouvements étaient brusques, inat-
tendus. Elle paraissait enflammée, quelque chose
d'étrange se passait en elle. Mais sa beauté augmentait avec son animation. Ses lèvres entr'ouvertes par un sourire laissaient éclater la blancheur
de ses dents. Son souffle était saccadé. Ses narines

palpitaient. Sa natte, trois fois nouée sur sa nuque, tombait négligemment sur son oreille gauche. Une sueur légère perlait à ses tempes.

— Dis-moi l'avenir, vieillard, dis-moi mon avenir avant d'avoir noyé ton esprit dans le vin. Voici ma main blanche... Ce n'est pas pour rien qu'on t'appelle sorcier. Tu as étudié dans les livres et tu connais toutes les sciences diaboliques. Regarde donc, vieillard, regarde et dis-moi tous les malheurs qui me menacent. Mais ne va pas mentir! Dis comme tu sais. Ta fille sera-t-elle heureuse? Lui pardonneras-tu ou appelleras-tu sur son chemin le malheur? Dis-moi, aurai-je une chaude retraite ou, toute ma vie [1], comme un oiseau errant, serai-je orpheline parmi les bonnes âmes, cherchant vainement ma place? Qui me hait? Qui m'aime? Qui veut me nuire? Mon cœur sera-t-il solitaire? Lui si jeune! lui si chaud! Solitaire tout son siècle et mort avant sa mort? Ou bien trouvera-t-il son égal, celui qui doit battre avec lui à l'unisson, joyeusement...jusqu'au nouveau chagrin? Sous quels cieux bleus, par delà

[1] Mot à mot : tout mon siècle ; locution russe.

quelles mers et quelles forêts est mon hardi fiancé?
M'aimera-t-il bien? Se fatiguera-t-il vite de moi?
Me sera-t-il fidèle? Dis-moi aussi, vieillard, allons-
nous longtemps encore vivre ensemble nous deux,
dans notre coin sombre, parmi les livres noirs?
Quand faudra-t-il, vieillard, te saluer bien bas, te
souhaiter la santé, le repos, et te dire adieu? Te
remercier pour ton pain et ton sel, pour le boire
et le manger, et pour les jolis contes que tu me con-
tais?... Fais bien attention, dis-moi toute la vérité,
ne mens pas, montre ta science.

Son animation allait croissant jusqu'au dernier
mot, et brusquement sa voix s'éteignit. Ses yeux
étincelaient, sa lèvre supérieure tremblait. Il y
avait une raillerie cruelle dans ses paroles, mais
sa voix était pleine de sanglots. Elle se pencha
sur la table et regarda le vieillard en face, fixement. On entendait son cœur battre.

Ordinov s'écria de transport, et il allait se lever.
Mais un regard oblique et rapide du vieillard cloua
de nouveau le jeune homme en place.

Il y avait du mépris, de l'ironie, de l'inquiétude, du dépit et en même temps une curiosité
malicieuse dans ce regard oblique qui chaque

fois faisait tressaillir Ordinov, et réduisait à
l'impuissance ses plus ardentes colères.

Rêveur, avec une sorte de résignation triste, le
vieillard sourit quand Catherine s'arrêta. Il n'avait
cessé de la regarder tant quelle avait parlé. Maintenant son cœur était blessé, les paroles fatales
avaient été dites.

— Tu veux beaucoup savoir en une seule fois,
petit oiseau qui te sens des ailes et qui brûles de
les essayer. Verse donc, verse-moi plus vite un
plein gobelet, que je boive d'abord à la liberté.
Car autrement je ne pourrais peut-être détourner
de mes souhaits le mauvais œil. Le diable est fort,
le péché n'est pas loin.

Il leva son verre et le vida. Plus il buvait, plus
il pâlissait. Ses yeux rougissaient comme des
braises : leur éclat fiévreux, l'effrayante pâleur
de son visage présageaient une nouvelle crise.

Le vin était fort : un seul gobelet avait troublé
la vue d'Ordinov, son sang s'enflammait, son esprit
vacillait. Il se versa de nouveau à boire, sans savoir
ce qu'il faisait, pensant vaguement peut-être calmer
ainsi son agitation, mais le sang se précipita dans
ses veines plus violemment encore. Il eut un ver-

tige, et dès lors, en concentrant toute son attention, c'est à peine s'il put suivre ce qui se passa autour de lui.

Le vieillard reposa sa tasse en la heurtant violemment contre la table.

— Verse, Catherine ! s'écria-t-il, verse encore, méchante fille, verse-moi jusqu'à la mort ! Verse le long sommeil au vieillard et délivre-toi de lui. Mais buvons ensemble. Pourquoi ne bois-tu pas ? Crois-tu que je ne l'aie pas remarqué ?

Ordinov n'entendit pas la réponse de Catherine. D'ailleurs, Mourine ne la laissa pas finir. Comme s'il ne pouvait se contenir davantage, il lui saisit la main. Son visage était blême, ses yeux s'éteignaient et se rallumaient presque instantanément. Ses lèvres blanches tremblèrent, et d'une voix inégale il commença :

— Donne-moi ta petite main, ma beauté, donne : je vais te dire l'avenir. Je suis en effet un sorcier, tu ne t'es pas trompée, Catherine, ton cœur d'or ne t'a pas menti, car je suis en effet *son* sorcier, je lui dirai la vérité, à lui, le simple et le naïf. Tu n'as oublié qu'une chose : je puis dire la vérité, mais je ne puis donner l'intelligence et la sagesse.

L'intelligence n'est pas le lot d'une fille : elle
entend la vérité, mais elle ne la comprend pas.
Elle a dans la tête un serpent rusé, quoique son
cœur soit baigné de larmes. Elle saura trouver
son chemin toute seule. Elle rampera entre les
malheurs, et l'astucieuse réussira, tantôt par
l'adresse, tantôt par la toute-puissance de sa
beauté. Car avec un regard elle sait enivrer un
esprit. La beauté brise la force, elle partage en
deux un cœur de fer. Si tu auras du chagrin, des
malheurs?... Il n'y a pas de malheurs pour les
cœur faibles. Le malheur veut un cœur puissant!
Il aime à se baigner silencieusement de larmes
sanglantes. Les gens ne l'entendent jamais se
plaindre! Toi, fille, ton malheur est une trace sur
le sable : ça se lave à la pluie, ça se sèche au
soleil, ça s'emporte au vent d'orage. — Si tu seras
aimée?... Tu ne seras pas l'esclave de celui qui
t'aimera. C'est toi qui lui prendras sa liberté pour
ne jamais la lui rendre. Mais quand tu voudras
l'aimer à ton tour, tu ne le pourras. C'est un grain
que tu auras semé, et un ravisseur viendra, et il
prendra tout l'épi. — O ma tendre enfant, ma
petite tête d'or, tu as laissé tomber une de tes

larmes dans mon gobelet, et aussitôt tu as répandu cent autres larmes encore, tout en parlant.
Ah! elles couleront en abondance, tes larmes,
quand, durant une nuit longue, une nuit désespérée, le malheur tombera sur toi et t'investira
de mauvaise pensée. Tu te souviendras alors
de cette larme d'aujourd'hui : mais ce ne sera
plus qu'une larme étrangère, une larme empoisonnée, lourde comme du plomb fondu. Elle brû-
lera jusqu'au sang ta blanche poitrine, et toute la
nuit, toute la nuit, jusqu'à ce morne matin des
mauvais jours, tu t'agiteras dans ton petit lit, et
de deux jours entiers ta plaie ne se fermera pas...
Allons! verse encore, Catherine, ma colombe,
verse! Verse pour me payer mon sage conseil, et
ne dépensons plus de paroles inutiles.

Sa voix tremblait. On eût cru qu'un sanglot
allait sortir de sa poitrine. Il se versa du vin, but
avidement un nouveau gobelet et le heurta violemment contre la table. Son regard flamboyait.

— Et vis au gré de la vie! s'écria-t-il. Ce qui
est passé, jette-le par-dessus ton épaule... et verse
toujours! Courbe sous les effets du vin la tête violente, et que mon âme périsse! Couche le vieillard

pour la longue nuit sans réveil, sans souvenir.
Tout est bu! Tout est vécu! La marchandise a
trop longtemps dormi chez le marchand : il la
donne pour rien... Et pourtant! il ne l'aurait pas
laissée, en son temps, à plus bas prix qu'elle ne
valait! Il y aurait eu du sang d'ennemi versé, et
du sang innocent, et l'acheteur aurait encore
donné son âme pour conclure le marché!... Verse,
Catherine!

Mais sa main s'immobilisa. Il respira avec
effort et involontairement pencha sa tête. Une fois
encore il dirigea son regard terne sur Ordinov,
mais son regard même s'éteignit, et ses paupières
se fermèrent brusquement. Une pâleur mortelle
se répandit sur son visage. Ses lèvres remuèrent
comme s'il avait voulu parler encore, et tout à
coup une larme se suspendit à ses cils et roula
lentement le long de sa joue.

Ordinov ne pouvait supporter davantage une
telle situation. Il se leva, fit un pas en chancelant, s'approcha de Catherine et lui prit la main.
Mais elle ne le regarda même pas, comme si elle
avait oublié qu'il fût là, comme si elle ne le connaissait plus.

D'ailleurs, elle semblait avoir perdu le sentiment de la réalité, elle était visiblement en proie à une idée fixe. Elle se laissa tomber auprès du vieillard endormi, l'enlaça de ses bras, et fixement, comme rivée à lui, se mit à le contempler. Elle ne semblait pas s'apercevoir qu'Ordinov lui tenait la main. Soudain elle lui jeta un long et pénétrant regard, et un sourire amer plissa ses lèvres.

— Va, va-t'en, — dit-elle à voix basse, tu es ivre et méchant, tu n'es plus mon hôte !...

Puis elle se retourna vers le vieillard, épiant son souffle et caressant du regard son sommeil, retenant elle-même sa respiration.

Un désespoir doublé de rage serra le cœur d'Ordinov.

— Catherine ! Catherine ! — murmura-t-il en serrant la main de la jeune fille.

La souffrance crispa ses traits, elle releva la tête : mais il y avait sur son visage tant de raillerie, de mépris et d'effronterie qu'Ordinov eut peine à supporter son regard. Puis elle lui montra le vieillard endormi, et Ordinov crut retrouver toute la haine dédaigneuse de son ennemi dans les yeux de la jeune fille, tant ce regard était blessant et glacial.

— Il te tuera! — dit-il, ne pouvant plus contenir sa rage.

Mais en ce même instant une pensée sinistre s'empara de lui, et ce fut comme si le diable lui-même lui murmurait à l'oreille que cette pensée était précisément celle de Catherine...

— Je vais donc t'acheter, ma beauté, chez ton marchand, puisqu'il faut que l'acheteur *donne son âme pour conclure le marché.* Et le sang qui sera versé, ce n'est pas le marchand qui le versera!...

Un rire immobile, un rire qui mettait à Ordinov la mort dans l'âme, ne quittait pas le visage de Catherine. Hors de lui, presque inconscient, il s'appuya d'une main au mur et décrocha un antique poignard. De l'étonnement, mais aussi — et pour la première fois — du défi apparurent dans les yeux de Catherine, et il sembla à Ordinov que quelqu'un lui saisissait la main et la poussait à consommer l'acte de folie. Il dégaina le poignard. Catherine l'observait, sans bouger, sans respirer.

Il regarda le vieillard.

Et il crut voir que le vieillard ouvrait un œil, lentement, et qu'il y avait un rire moqueur au fond de cet œil. Leurs regards se rencontrèrent. Ordinov se tenait immobile. Tout à coup, il lui sembla que le rire avait gagné tout le visage; il lui sembla que ce rire glacial et meurtrier éclatait dans la chambre... Il tressaillit, le poignard glissa de ses mains à terre et retentit en tombant. Catherine jeta un cri, comme si elle s'éveillait d'un cauchemar. Mourine se leva, sans hâte, et repoussa du pied le poignard dans un coin de la chambre. Catherine, sans un mouvement, se tint droite, les yeux fermés, le visage convulsé; puis elle étreignit sa tête dans ses mains et tomba presque inerte, en criant d'une voix déchirante :

— Alioscha! Alioscha!....

Mourine la saisit dans ses bras puissants et la serra contre sa poitrine avec une incroyable violence. Mais, quand elle eut caché sa tête sur le cœur de cet homme, chacun des traits du visage du vieillard se mit à rire d'un rire si effronté, si cynique, que tout l'être d'Ordinov en frémit. L'esprit de trahison et de supercherie, la tyrannie systématique et jalouse, voilà ce que révélait clairement l'impudence de ce rire...

— Folle! murmura-t-il.

Et il se hâta de sortir de la maison.

VI

Quand Ordinov, bouleversé encore par les événements de la veille, ouvrit, le lendemain, vers huit heures du matin, la porte d'Yaroslav Iliitch (chez qui d'ailleurs il venait sans savoir pourquoi), il recula stupéfait et resta comme cloué au sol en apercevant Mourine. Le vieillard semblait se tenir à peine debout. Pourtant, malgré les instances d'Yaroslav Iliitch, il avait refusé de s'asseoir. — Yaroslav Iliitch poussa un cri de joie en reconnaissant Ordinov. Mais sa joie fut courte, la confusion le prit, et il se mit à aller et venir de la table à la chaise voisine, ne sachant que dire ni que faire. Il sentait fort bien qu'il était

fort indélicat de continuer à sucer sa pipe en un
pareil moment, et de négliger son visiteur : et
pourtant, — si grand était son trouble! il suçait
toujours sa pipe, et il la suçait de toutes ses forces,
comme si il y eût cherché une inspiration.

Ordinov entra enfin dans la chambre. Il jeta à
Mourine un regard aussitôt détourné. Quelque
chose qui rappelait le mauvais rire de la veille
parcourut le visage du vieillard. Ordinov tressaillit. Mais immédiatement la physionomie de
Mourine perdit toute expression hostile et rede-
vint impénétrable. Il salua très-bas son locataire.

Cette scène muette permit à Ordinov de se
ressaisir lui-même, et, cherchant à se rendre
compte de la situation, il regarda fixement Yaroslav Iliitch. Mais Yaroslav Iliitch n'avait pas encore
recouvré son sang-froid.

— Entrez donc, entrez, dit-il, mon précieux
ami Vassili Mikhaïlovitch. Éclairez de votre présence, marquez de votre sceau... tous ces objets
vulgaires. — Et montrant de la main un coin de la
chambre, il devint rouge comme un coquelicot,
honteux de s'embrouiller ainsi, fâché, d'avoir
dépensé en pure perte une de ses plus nobles

phrases. Il roula bruyamment une chaise au milieu de la chambre.

— Je ne vous dérange pas, Yaroslav Iliitch? Je voulais... pour deux minutes...

— Mais tant que vous voudrez! et comment pourriez-vous me déranger, Vassili Mikhaïlovitch?... Une tasse de thé, n'est-ce pas? Eh! garçon!... Vous ne refuserez pas une seconde petite tasse, continua Yaroslav Iliitch en s'adressant à Mourine, qui accepta. Yaroslav Iliitch commanda très-sévèrement au garçon qui entrait : « Encore trois verres! » et s'assit auprès d'Ordinov. Il fut quelques instants à tourner sa tête, comme un chien de faïence, tantôt à droite et tantôt à gauche, de Mourine à Ordinov, et d'Ordinov à Mourine. Sa situation était très-désagréable. Il aurait voulu parler, mais ce qu'il avait à dire lui semblait extraordinairement difficile; il ne pouvait trouver un mot. De son côté, Ordinov semblait de nouveau stupéfait. Il y eut un instant où tous deux commencèrent à parler ensemble... Le silencieux Mourine, qui les observait curieusement, éclata de rire en montrant toutes ses dents.

— Je suis venu vous apprendre, — commença

Ordinov, — que, par suite de circonstances malheureuses, je suis obligé de quitter mon logement, et...

— Quelle étrange coïncidence! interrompit Yaroslav Iliitch. Je vous avoue que j'ai été tout surpris quand ce vénérable vieillard m'a déclaré ce matin votre décision. Mais...

— *Il* vous a déclaré ma décision? répéta Ordinov, et il regarda Mourine avec étonnement.

Mourine se caressa la barbe pour rire dans sa manche.

— Oui, continua Yaroslav Iliitch. Du reste, — je puis me tromper, — mais je dois vous dire franchement, je vous donne ma parole d'honneur que, dans le discours de ce vénérable vieillard, il n'y avait pas l'ombre d'une offense à votre intention.

Ici, Yaroslav Iliitch rougit et maîtrisa avec effort son émotion. Mourine, ayant sans doute assez ri de la confusion du maître et de l'hôte, fit un pas en avant.

— Oui, Votre Noblesse, commença-t-il en saluant poliment Ordinov, nous avons parlé de vous. Certes, barine, vous savez bien vous-même que, ma patronne et moi, nous serions bien aises de laisser les choses continuer ainsi. Nous n'aurions pas soufflé mot... Mais ma vie, barine, vous savez ce qu'elle est, vous en avez vu quelque chose. Et pourtant, ce que nous demandons avant tout à la volonté sainte, c'est de nous conserver notre vie. Jugez-en vous-même, barine. Faut-il vous prier en pleurant? Que faut-il faire?

Ici, Mourine se caressa de nouveau la barbe.

Ordinov se sentait mal à l'aise.

— Oui, oui, je vous l'avais dit moi-même. Il est malade. *C'est le malheur*... C'est-à-dire... je voulais m'exprimer en français, mais excusez-moi, je ne suis pas très-habile... C'est-à-dire...

— Oui...

— C'est-à-dire oui...

Ordinov et Yaroslav Iliitch se saluèrent l'un et l'autre, un peu de côté, sans se lever; puis tous deux, pour couvrir leur maladresse, se mirent à rire. Le grave Yaroslav reprit le premier sa présence d'esprit.

— J'ai, du reste, demandé des détails à cet honnête homme, poursuivit-il, et il m'a dit que la maladie de cette femme...

Probablement pour dissimuler son embarras, Yaroslav Iliitch regarda Mourine d'un air interrogatif.

— Oui, de la patronne.

Le délicat Yaroslav Iliitch n'insista pas.

— De la patronne, c'est-à-dire de votre ancienne patronne... Eh bien, oui, elle est malade, voyez-vous. Il dit qu'elle vous dérange dans vos occupations, et lui-même... Vous m'avez caché une importante circonstance, Vassili Mikhaïlovitch.

— Laquelle ?

— A propos du fusil.

Yaroslav Iliitch prononça ces derniers mots très-bas, très-doucement, et c'est à peine si la millionième partie d'un reproche sonna dans son affectueuse voix de ténor.

— Mais, ajouta-t-il vivement, je sais tout, il m'a tout raconté. Vous avez noblement agi, Vassili Mikhaïlovitch. Il est si beau de pardonner ! D'honneur, j'en ai vu, des larmes, dans ses yeux.

Il rougit de nouveau, ses yeux brillèrent, et il remua légèrement sur sa chaise.

— Ah! monsieur, ah! Votre Noblesse, combien

je... c'est-à-dire nous, moi et ma patronne, combien nous allons prier Dieu pour vous!

Yaroslav Iliitch luttait contre une émotion inaccoutumée, tout en regardant fixement Mourine.

— Vous le savez vous-même, barine, c'est une baba maladive et naïve. Moi-même, c'est à peine si je me tiens debout...

— Mais je suis tout prêt, interrompit Ordinov avec impatience. Assez là-dessus, je vous en prie. Finissons-en aujourd'hui même, tout de suite si vous voulez...

— Non... c'est-à-dire... Barine, nous sommes très-contents de vous avoir. (Mourine salua très-bas.) Mais ce n'est pas de cela que je veux parler, barine, il faut que je vous dise une chose. *Elle* m'est un peu parente, de bien loin! au quinzième degré, comme on dit... C'est-à-dire... mais ne méprisez pas notre langage, barine, nous sommes des gens obscurs... Or, depuis son enfance, elle est comme vous l'avez vu. Une petite tête malade! Ça a vécu dans la forêt, grandi avec les bourlaki [1], une fille de moujik. Leur maison prit feu. Sa mère, barine, mourut dans l'incendie, et son père aussi.

[1] Haleurs sur le Volga. .

Je vous dis cela, parce qu'elle pourrait vous avoir raconté je ne sais quoi... Moi, je la laisse dire tout ce qu'elle veut. Elle a été examinée par le conseil chi-rur-gi-cal à Moscou... Pour tout dire, barine, la tête n'y est plus... Je lui donne l'hospitalité. Nous vivons, nous prions Dieu, nous espérons en la bonté suprême. Je tâche de ne la contredire en rien.

Le visage d'Ordinov s'altérait. Yaroslav Iliitch regardait tantôt l'un, tantôt l'autre avec inquiétude.

— Mais ce n'est pas encore là, barine, ce que je voulais vous dire, reprit Mourine en hochant la tête. — Cette fille-là, c'est un vrai coup de vent, une perpétuelle tempête. Quelle tête aimante, ardente! Il lui faut toujours un bon ami, si j'ose ainsi dire, un amoureux. C'est ce qui l'a rendue folle. Je l'ai un peu calmée en lui racontant des histoires, c'est-à-dire... Ah! oui, je l'ai bien calmée! Eh bien, barine, j'ai parfaitement vu — excusez la naïveté de mon langage, continua Mourine en s'inclinant très-bas et en essuyant sa barbe avec sa manche, — j'ai parfaitement vu qu'elle était amoureuse de vous. Et vous, je veux dire Votre

8

Altesse, c'est bien aussi par amour que vous vouliez rester près d'elle...

Yaroslav Iliith regarda Mourine : évidemment il désapprouvait ses incohérents discours.

Ordinov se contint à peine.

— Non, barine, je ne voulais pas dire cela : mais, barine, un simple moujik!... Car nous sommes des gens bien obscurs, nous, barine; nous sommes vos serviteurs. (Mourine salua très-bas.) Et comme nous allons prier Dieu pour vous, ma femme et moi!... Que nous faut-il? Du pain et de la santé. Mais dans le cas présent, barine, que faire? Faut-il me pendre? Jugez-en vous-même, barine, c'est une affaire très-simple. Que voulez-vous que nous devenions si elle prend un amant? Le mot est un peu vif, barine, passez-le-moi : n'oubliez pas que c'est un moujik qui parle à un barine. Vous êtes jeune, Votre Altesse, vif, ardent; elle aussi est jeune, monsieur, c'est une enfant naïve : en faut-il beaucoup pour un péché? Songez donc que c'est une belle baba, forte, rouge, et moi, je suis un vieillard épileptique... Mais je saurai la calmer par des contes quand Votre Grâce sera partie; oui, oui, je saurai la calmer. Et combien, ma

femme et moi, nous allons prier Dieu pour Votre
Grâce!... Non, je ne puis dire combien! et quand
vous l'aimeriez, monsieur, ce n'en serait pas moins
une femme de moujik, une baba mal décrassée!
Et ce n'est pas votre affaire, mon petit père barine,
une femme de moujik... et comme nous allons
prier Dieu pour vous!... comme nous allons prier
pour vous!...

Mourine salua très-bas, très-bas, et resta longtemps ainsi, n'en finissant plus d'essuyer sa barbe.

Yaroslav Iliitch ne savait où se mettre.

— Le brave homme! — risqua-t-il pour dissimuler son trouble. — Comment avez-vous pu
avoir un malentendu avec lui, Vassili Mikhaïlovitch!... Mais on m'a dit que vous avez encore été
malade, ajouta-t-il les larmes aux yeux et en
regardant Ordinov avec un embarras infini.

— Oui... Combien vous dois-je? demanda
vivement Ordinov à Mourine.

— Voyez, barine, mon petit père, voyez! Nous
ne sommes pas les vendeurs du Christ! Pourquoi
tant vous offenser, monsieur? n'en avez-vous pas
honte? En quoi vous avons-nous donc offensé,
nous, moi et ma femme? Voyons!

— Pourtant, cela ne se fait pas, mon ami : il a
a loué chez vous. Comprenez donc que votre refus
l'offense, intervint Yaroslav Iliitch se considérant
comme obligé de démontrer à Mourine toute l'indé-
licatesse de son procédé.

— Voyons, voyons, monsieur, barine ! En quoi
donc, je vous le demande une fois de plus, en
quoi donc avons-nous offensé votre honneur ?
Nous avons pris tant de peine pour vous servir
que nous sommes fatigués ! Allez, allez, monsieur, allez, barine, que le Christ vous pardonne !
Sommes-nous donc des infidèles, des maudits ?
Mais vous auriez vécu chez nous, vous auriez
(pour votre santé, par exemple) partagé notre
nourriture de moujik, vous auriez habité sous
notre toit, et nous n'aurions rien trouvé à blâmer en
tout cela, rien... Nous n'aurions pas dit un seul
mot ! Mais le diable vous a poussé, je suis tombé
malade, voilà ma patronne malade aussi, que faire ?
Il n'y aurait personne pour vous servir ! et pourtant nous aurions tant voulu !... Mais aussi comme
nous allons prier Dieu pour Votre Grâce, la patronne
et moi, comme nous allons prier !

Mourine salua jusqu'à la ceinture.

Des larmes d'enthousiasme jaillirent des yeux d'Yaroslav Iliitch.

— Quel noble trait! s'écria-t-il : ô sainte hospitalité de la terre de Russie!

Ordinov le regarda des pieds à la tête d'un air farouche.

— Parole! monsieur, — dit Mourine saisissant au vol le dernier mot d'Yaroslav Iliitch, — nous n'estimons rien tant que l'hospitalité! Au fait, monsieur (ici Mourine couvrit entièrement sa barbe de sa manche), que je vous prie de rester encore un peu chez nous. Et pardi! vous resterez, — continua-t-il en s'approchant d'Ordinov, — vous resterez, cela m'irait assez ; vous resteriez un jour, deux jours, je ne dirais rien. Mais voilà, la patronne est malade!... Ah! si ce n'était pas la patronne! Si par exemple j'étais seul! Comme je vous aurais soigné! C'est-à-dire, là, comme je vous aurais soigné! Je vous aurions comblé d'honneurs, comblé! Je sais bien un moyen... Par Dieu, vous resterez chez nous, je vous le jure par Dieu! Voilà un grand mot!...Vous resteriez chez nous si...

—En effet, n'y aurait-il pas un moyen?... observa Yaroslav Iliitch, et il n'acheva pas.

Ordinov avait eu tort de jeter un regard si
farouche à Yaroslav Iliitch. C'était le plus honnêt^
et le plus noble des hommes. Mais la situation
d'Ordinov était si difficile ! Pour tout dire, Yaroslav
Iliitch avait une folle démangeaison d'éclater de
rire. A coup sûr, il n'aurait pu se retenir s'il avait
été tête à tête avec Ordinov, — de pareils amis !
— et il aurait démesurément ri. En tout cas, il
aurait serré avec effusion, après avoir ri, la main
d'Ordinov, l'aurait assuré sincèrement qu'il sentait pour lui une double estime, qu'il lui pardon-
nait... enfin qu'il ne lui reprochait pas ses écarts
de jeunesse. Mais son extrême délicatesse ne lui
permettait pas, en l'état des choses, de choisir
librement son attitude, et il ne savait où se cacher.

—Un moyen, un remède... — reprit Mourine
(tous les traits de son visage avaient bougé, à la
maladroite exclamation d'Yaroslav Iliitch). Voici
ce que je puis vous dire, barine, dans ma stupidité
de moujik, voici, — continua-t-il en faisant encore
deux pas en avant : — vous avez beaucoup trop
lu, monsieur, vous êtes devenu trop intelligent.
Comme on dit en russe, chez nous autres moujiks,
vous êtes intelligent à devenir fou...

— Assez! interrompit sévèrement Yaroslav
Iliitch.

— Je m'en vais, dit Ordinov. Merci, Yaroslav
Iliitch. Je viendrai certainement vous voir, —
répondit-il aux politesses de Yaroslav Iliitch qui
n'était pas de force à le retenir plus longtemps,
— adieu, adieu.

— Adieu, Votre Noblesse, adieu, barine, ne
nous oubliez pas, visitez-nous aussi, nous autres
moujiks...

Mais Ordinov ne l'entendait plus. Il sortit,
comme halluciné.

Il ne pouvait se soutenir. Il était comme tué.
Sa conscience était insensibilisée. Il suffoquait,
mais il sentit comme un grand froid intérieur qui
lui prenait toute la poitrine. Il aurait bien voulu
mourir! Ses jambes flageolaient; il s'assit près
d'une haie, sans faire attention aux passants, à la
foule qui commençait à s'amasser autour de lui,
ni aux questions des curieux qui l'entouraient.

Tout à coup, parmi les voix il distingua celle
de Mourine.

Ordinov leva la tête. Le vieillard se tenait
devant lui. Son visage pâle était solennel et

rêveur. Ce n'était plus l'homme qui l'avait si grossièrement raillé chez Yaroslav Iliitch. Ordinov se leva, Mourine le prit par la main et le tira de la foule.

— Il faut encore prendre tes hardes, dit-il en regardant de côté Ordinov. Ne te désole pas, barine, tu es jeune, pourquoi te désoler?

Ordinov ne répondit pas.

— Tu es offensé, barine, tu es irrité : pourquoi? Chacun défend son bien.

— Je ne vous connais pas, dit Ordinov, je ne veux rien savoir de vos mystères. Mais elle, elle!...

Des larmes abondantes coulèrent de ses yeux. Il les essuya du revers de sa main. Son geste, son regard, les frémissements convulsifs de ses lèvres blanchies, tout en lui présageait la folie.

— Je t'ai déjà dit, — répondit Mourine en fronçant les sourcils, — qu'elle est presque folle. Pourquoi et comment?... Que t'importe! Telle qu'elle est, je l'aime, je l'aime plus que ma vie et ne la céderai à personne, comprends-tu maintenant?

Une flamme brilla dans les yeux d'Ordinov.

— Mais pourquoi... pourquoi suis-je comme

mort? Pourquoi mon cœur me fait-il souffrir?
Pourquoi ai-je connu Catherine?

— Pourquoi?

Mourine sourit et resta rêveur.

— Pourquoi? Je ne sais, — dit-il enfin. — Un
cœur de femme n'a pas la profondeur de la mer.
Tu l'apprendras par toi-même!... et c'est vrai,
barine, qu'elle voulait s'enfuir avec vous de chez
moi, c'est vrai, elle méprisait le vieillard, elle
pensait lui avoir pris tout ce qu'il avait de vie...
Est-ce que vous lui avez plu tout d'abord, ou le
simple besoin de changement? Pourtant je ne la
contredis en rien : si elle voulait du lait d'oiseau [1],
je lui en donnerais. Elle a de l'orgueil. Elle voudrait être libre, mais elle ne saurait que faire de
sa liberté. Il vaut donc mieux, en somme, que les
choses restent comme elles sont. Hé! barine, vous
êtes trop jeune, vous avez le cœur trop chaud :
vous voilà comme une fille abandonnée qui essuie
ses larmes avec sa manche. Oui, vous n'avez pas
d'expérience, vous ne savez pas qu'un cœur faible
est incapable de se conduire. Donnez-lui *tout :*
il viendra et vous le rendra. Donnez-lui un

[1] Expression russe.

royaume : il viendra se cacher dans votre bottine... Oui, il se fera assez petit pour cela. Donnez-lui la liberté, il se forgera lui-même de nouvelles chaînes. La liberté n'est pas faite pour les cœurs faibles... Je vous dis tout cela parce que vous êtes si jeune! Qui êtes-vous pour moi? Venu, parti, vous ou un autre, que m'importe? Dès le premier jour j'ai su comment tout cela allait se passer. Mais la contredire, je ne le devais pas : il ne faut pas risquer un seul mot de travers si l'on tient à son bonheur. Pourtant, barine, tout cela se dit, continua Mourine, en train de philosopher, — mais que fait-on? Vous le savez vous-même, dans un moment de colère on prend un poignard! Ou encore, on attaque son ennemi dans son sommeil et on lui déchire la gorge avec les dents! Mais si alors on te mettait le poignard entre les mains et si ton ennemi t'ouvrait de lui-même sa poitrine, va! tu reculerais!...

Ils entraient dans la cour; le Tartare aperçut de loin Mourine et ôta sa casquette tout en regardant malicieusement Ordinov.

— Ta mère est-elle chez moi? lui cria Mourine.
— Oui.

— Dis-lui qu'elle aide le barine à sortir ses
hardes. Et toi aussi, remue-toi.

Ils montèrent.

La vieille qui servait chez Mourine, et qui était
la mère du dvornik, noua, tout en bougonnant, les
effets d'Ordinov dans un grand paquet.

— Attends, j'ai encore quelque chose à t'apporter...

Mourine entra chez lui, puis revint et donna à
Ordinov un riche coussin brodé de soie et de laine,
celui-là même que Catherine lui avait mis sous la
tête quand il avait été malade.

— C'est elle qui te l'envoie. Et maintenant, va
en paix, porte-toi bien... Mais prends garde, ne
rôde pas autour d'ici, ça tournerait mal...

Il dit cela à demi-voix, d'un ton paternel, on
sentait qu'il ne voulait pas offenser Ordinov. Pourtant son dernier regard n'exprimait qu'un ressentiment infini, et ce fut presque avec dégoût qu'il
ferma la porte derrière le jeune homme.

Deux heures après, Ordinov emménageait chez
l'Allemand Shpis. Tinchen fit : Ah ! en le voyant.
Elle lui demanda aussitôt de ses nouvelles, et,
apprenant qu'il « ne se sentait pas bien », elle

promit de le soigner. Shpis fit constater à son locataire qu'il n'avait pas encore remis l'écriteau à sa
porte : « mais il l'aurait remis dans la journée,
car c'était ce jour-là même, en comptant à dater
de la location, que les arrhes étaient consommés
jusqu'au dernier kopeck ». Shpis saisit cette occasion de célébrer l'exactitude et l'honnêteté alle-
mandes.

Ce même jour, Ordinov tomba malade. Il ne se
releva que trois mois après.

Petit à petit, la santé lui revint. Il commença à
sortir. Sa vie chez Shpis était uniforme, sans inci-
dents. L'Allemand avait bon caractère; la jolie
Tinchen était tout ce qu'on peut rêver de mieux.
Mais la vie, aux yeux d'Ordinov, avait perdu tout
son charme. Il était devenu irritable, maladivement impressionnable. Peu à peu il tomba dans
une très-sombre hypocondrie. Ses livres restaient
fermés durant des semaines entières. Il ne son-
geait plus à l'avenir. Son argent s'épuisait, et il
laissait aller les choses, sans soin du lendemain.
Parfois sa fièvre du travail, son ardeur de
jadis, tous les mirages du temps passé s'impo-
saient nettement à sa pensée : mais la pensée ne

se transformait pas en acte. Ordinov se sentait sté-
rilisé, et ses visions lui semblaient comme exprès,
comme pour railler son impuissance, prendre
dans son imagination des proportions gigantesques.
Aux heures de tristesse, il se comparait lui-même
à l'élève étourdi du sorcier : l'élève, au moyen
d'un mot qu'il a volé au maître, ordonne au balai
d'apporter de l'eau dans la chambre, et il s'y noie,
ne sachant comment il faut dire : Cesse. — Peut-
être Ordinov avait-il conçu une idée originale,
peut-être avait-il un bel avenir, du moins il l'avait
cru, et une foi sincère est elle-même le premier
gage de l'avenir. Mais maintenant, il riait de ses
convictions et se désintéressait de tous ses grands
projets.

Six mois auparavant il vivait dans sa création,
tantôt y travaillant, tantôt, aux heures de fatigue,
fondant sur elle — qu'il était jeune! — d'imma-
térielles espérances. Son œuvre était une histoire
de l'Église, et avec quel ardent fanatisme il en
avait esquissé l'ébauche! Maintenant il relisait ses
plans, les remaniait; il fit quelques recherches, puis
il abandonna son idée, sans rien fonder sur ses
propres ruines. Une sorte de mysticisme, de mys-

térieux fatalisme, envahissait son âme. Il souffrait, et implorait de Dieu le terme de ses souffrances.

La servante du logeur, une Russe, une vieille dévote, racontait avec délices comment son locataire priait Dieu, comment il restait, des heures entières, comme inanimé sur les dalles de l'église...

Il n'avait confié à personne son malheur. Mais souvent, à l'heure du crépuscule, quand les cloches lui rappelaient le moment inoubliable où il s'était agenouillé auprès d'*elle* dans le temple de Dieu, écoutant battre le cœur de la jeune fille et baignant de joyeuses larmes cette espérance qui traversait sa vie solitaire, — alors un orage se levait dans son âme à jamais meurtrie, Son esprit chavirait, toutes les tortures de l'amour recommençaient pour lui; il souffrait! il souffrait! Et il sentait que son amour augmentait avec sa souffrance. Les heures et les heures passaient : il restait immobile sur sa chaise, oubliait tout, et le monde, et sa pâle existence, et lui-même, morne, abandonné, et il pleurait silencieusement et parfois se surprenait à murmurer : « Catherine! ma sœur solitaire!... »

Une pensée terrible s'ajouta à toutes ses tortures.

Elle le poursuivit longtemps, et chaque jour elle
progressait, devenant une probabilité, une réalité.
Il lui semblait, — et il finit par y croire, — il lui
semblait que l'esprit de Catherine était sain et que
pourtant Mourine avait raison de l'appeler « cœur
faible ». Il lui semblait qu'un mystère inavouable
la liait au vieillard, mais qu'elle n'avait pas la
conscience du crime et qu'elle se soumettait ino-
cemment à cette domination infâme. Qu'étaient-ils
l'un pour l'autre ?... Son cœur battait d'une colère
impuissante en songeant à la tyrannie qui pesait
sur ce pauvre être. Les yeux épouvantés de son
âme tout à coup voyante suivaient la pauvre fille
dans la chute progressive qu'on lui avait savam-
ment et traîtreusement ménagée : comme on l'avait
torturé, le *faible cœur !* comme on avait mécham-
ment interprété contre lui les textes immuables !
comme on l'avait parfaitement aveuglé ! comme
on avait avec adresse exploité la fougue de sa
nature ! Et, peu à peu, voilà qu'on avait coupé les
ailes de cette âme née libre et maintenant incapable de prendre son essor vers la vie vraie...

Ordinov devint plus sauvage encore. (Il faut
avouer que ses Allemands ne le gênèrent en rien.)

Il aimait errer par les rues, longtemps, sans but, choisissant surtout les heures obscures et les lieux éloignés et déserts.

Un triste soir de printemps morbide, et dans un de ces lieux funestes, il rencontra Yaroslav Iliitch.

Yaroslav Iliitch a visiblement maigri. Ses yeux si doux sont ternes. Il semble tout accablé. D'ailleurs, il est pressé, il court pour une affaire, ses vêtements sont mouillés et tachés de boue, et de toute la soirée la pluie n'a cessé de prendre pour une gouttière le nez, toujours honnête, mais un peu bleu, d'Yaroslav Iliitch. De plus, il a laissé pousser ses favoris. Précisément ces favoris imprévus et cette affectation d'éviter un ancien ami intriguèrent Ordinov. Il se sentit offensé, blessé, lui qui pourtant fuyait la pitié. Il aurait préféré qu'Yaroslav Iliitch fût encore cet homme d'autrefois, simple, naïf, un peu bête, avouons-le, mais qui, du moins, *ne posait pas pour la désillusion* et n'annonçait aucun projet de devenir plus intelligent. Et n'est-ce pas très-désagréable de retrouver tout à coup *intelligent* un sot que nous avons aimé autrefois précisément peut-être pour sa sottise? D'ailleurs, la méfiance d'Yaroslav Iliitch ne dura pas. Tout désillusionné qu'il fût, il ne pouvait avoir perdu son caractère véritable, ce manteau que les vivants ne quittent que dans la tombe. Avec délices il fouilla comme autrefois dans l'âme de son ami. Il lui fit d'abord remarquer qu'il avait beaucoup à faire, puis « qu'il y avait longtemps qu'on ne s'était vu ». Mais soudain la conversation prit une étrange tournure. Yaroslav Iliitch parla de l'hypocrisie des gens en général, de l'instabilité du bonheur en ce monde et de cette futilité qu'est la vie. En passant il ne manqua pas de nommer Pouchkine, mais avec une indifférence très-marquée. Il parla de ses « bons amis » avec cynisme et s'emporta même contre la fausseté, contre le mensonge de ceux qui, dans le monde, s'appellent amis, alors que l'amitié sincère n'existe pas et n'a jamais existé. — Oui, vraiment, Yaroslav Iliitch est devenu intelligent. Ordinov ne le contredisait pas, mais il se sentait très-triste. Il lui semblait qu'il enterrait son meilleur ami.

— Ah! imaginez-vous... j'allais oublier de vous dire... — s'écria Yaroslav Iliitch comme s'il se rappelait quelque chose de très-intéressant, — nous avons une nouvelle. Mais c'est un secret que je vous confie. Vous rappelez-vous la maison où vous demeuriez?

Ordinov tressaillit et pâlit.

— Eh bien, imaginez-vous qu'on y a découvert dernièrement une bande de voleurs! Oui, monsieur mon ami, une bande, un repaire : contrebandiers, escrocs, malfaiteurs divers, que sais-je!... Quelques-uns sont coffrés, on poursuit les autres. De sévères instructions sont données. Mais voici qui passe toute imagination : vous souvenez-vous du propriétaire? Un homme pieux, honorable, d'extérieur si noble!...

— Eh bien?

— Jugez d'après cela de toute l'humanité : c'était le chef de la bande! N'est-ce pas incroyable?

Yaroslav Iliitch était très-animé. Et il jugeait vraiment de toute l'humanité d'après cela : il ne pouvait faire autrement, c'était dans son caractère.

— Et les autres? Et Mourine? — demanda Ordinov à voix basse.

— Ah! Mourine! Mourine! ce vénérable vieillard, si noble... mais permettez, vous m'éclairez d'une nouvelle lumière...

— Quoi donc? En était-il aussi?

L'impatience faisait bondir dans sa poitrine le cœur d'Ordinov.

— Mais non, que dites-vous là? — reprit Yaroslav Iliitch en fixant sur Ordinov un regard de plomb (signe qu'il réfléchissait) : Mourine ne pouvait en être, puisque trois semaines auparavant il était parti avec sa femme pour son pays... J'ai appris cela du dvornik... le petit Tartare, vous vous rappelez?

DEUXIÈME PARTIE

LISA

Cette mélancolique aventure d'un amour sans espoir et jamais guéri devait avoir sur le caractère et la vie d'Ordinov une triste influence. Ce cœur ardent, cette âme de poëte furent aigris et stérilisés; il vécut inutile aux autres, insupportable à lui-même, et mourut à soixante ans, seul, pauvre, laissant aux rares personnes qui l'avaient connu le souvenir d'un homme *singulier,* — ce qui est bien la pire injure parmi les *honnêtes* gens, — singulier et même *bizarre,* c'est-à-dire capricieux et quinteux, et, pour tout dire, très-désagréable.

Un an environ après sa dernière rencontre avec Yaroslav Iliitch, il avait quitté Saint-Pétersbourg

9.

et s'était mis à voyager, espérant peut-être trouver quelque distraction, quelque diversion à ses éternels ennuis, dans la variété des paysages. Mais au bout de deux mois il revint à Saint-Péterbourg, las, énervé, toujours aussi triste. D'ailleurs, il n'avait à peu près plus d'argent. Il sollicita et obtint un emploi dans l'administration civile des provinces. Mais, bientôt, dégoûté de la grossièreté des moujiks avec lesquels ses fonctions le mettaient en rapport, il permuta pour un poste moins lucratif à Saint-Pétersbourg.

Il retourna chez Schpis, son ancien logeur. Il loua un appartement très-exigu et prit un domestique.

Un petit héritage sur lequel il ne comptait plus lui rendit l'indépendance. Et sa vie, dès lors, s'écoula morne et grise jusqu'à son dernier jour.

Il eut pourtant une aventure encore, une seconde velléité d'amour. Mais il ne pouvait plus aimer! Et d'ailleurs quel triste amour la fatalité lui offrait!...

Il a lui lui-même écrit cette douloureuse histoire. Je connaissais son habitude de noter, pour lui seul, des pensées qu'ensuite il jetait dans un

tiroir. Je n'espérais pourtant pas un récit aussi
circonstancié, et ma surprise fut grande quand
j'ouvris le manuscrit que j'avais acheté à Apollon.
— (Apollon était le domestique d'Ordinov. Ordinov le détestait, et c'est sans doute pour ce motif
qu'il l'avait institué son héritier.)

Le récit était précédé d'une assez longue et un
peu désordonnée discussion qu'Ordinov supposait
entre lui-même et des lecteurs imaginaires. Je n'ai
pas cru devoir retrancher ces pages qui jettent de
vives lumières sur l'âme de cet homme extraordinaire.

C'est donc le manuscrit même d'Ordinov qu'on
va lire. — Il se considérait, et n'avait pas tort,
comme exilé du monde en soi-même, loin du mouvement et de la lumière, loin de la vie. Aussi re-
trouvera-t-on souvent dans ces notes le mot « souterrain ». Il vivait, en effet, en une sorte de *souter-*
rain spirituel, il avait un ESPRIT SOUTERRAIN, toujours
agitant d'obscurs problèmes, toujours sondant les
ténèbres de sa pensée, toujours creusant plus
avant et plus profond dans les mystères de sa
conscience : « la conscience, cette maladie ! »
écrit-il quelque part. Du temps déjà de son amour

pour Catherine, il avait le germe de cette maladie :
le malheur en fit éclore la fleur empoisonnée et im-
mortellement vivace. — C'est donc bien du Souterrain qu'il pouvait dater cette histoire lugubre
d'un homme victime de sa trop vive clairvoyance
intime. Car cet homme se vit et se connut, et son
destin est une triste réponse à l'antique maxime :
« Connais-toi. » — Non, il n'est pas bon à l'homme
de se connaître lui-même.

I

Je suis malade... Je suis méchant, très-désagréable. Je dois avoir mal au foie, mais je n'entends goutte à mon malaise, et je ne sais pas précisément où je suis attaqué. Je ne me soigne pas...
Je ne me suis jamais soigné, malgré une très-réelle
estime pour la médecine et les médecins. De plus,
je suis extrêmement superstitieux : puisque j'estime la médecine ! (Je suis instruit, et pourtant je
suis superstitieux, c'est ainsi.) Non, je ne me soi-

gnerai pas, par méchanceté : cela vous semble inexplicable ? C'est très-simple ; non que je puisse dire à qui nuira cette méchanceté ; hélas ! pas même aux médecins ! Je sais mieux que personne que je serai moi-même ma seule victime : et c'est pourtant et tout de même par méchanceté que je ne me soigne pas. Si c'est du foie que je souffre, eh bien ! puissé-je en souffrir encore davantage !

Et il y a longtemps que je vis ainsi, une vingtaine d'années. J'ai quarante ans. J'ai été fonctionnaire. J'étais un méchant fonctionnaire, grossier, et qui prenais plaisir à l'être. Voyons : je n'acceptais pas de pots-de-vin : il me fallait bien trouver ailleurs mes petits bénéfices! (Pas fameux, mon *trait,* pourtant je ne le bifferai pas. En l'écrivant je le croyais très-fin, et maintenant je vois bien qu'il est pitoyable, et c'est pour cela que je ne le bifferai pas.)

Quand un solliciteur entrait dans mon bureau et me demandait quelque renseignement, je me tournais vers lui en grinçant des dents, et c'était pour moi un triomphe si je réussissais à lui causer une visible gêne : et j'y réussissais presque toujours. La plupart de ces gens-là sont timides ; cela va sans dire, des solliciteurs! Mais il y avait aussi des dandies, que je détestais; un entre autres, un officier. Il faisait avec son sabre un bruit insupportable et ne voulait jamais se soumettre à une observation. Nous eûmes, à propos de ce sabre, une guerre de dix-huit mois. C'est moi qui vainquis.

Mais savez-vous, messieurs, quel était le motif réel de ma méchanceté? Eh bien, ma méchanceté consistait précisément — et c'est bien ce qu'il peut y avoir de plus dégoûtant, — en ceci que, même aux pires heures de ma vie, je m'avouais en rougissant que non-seulement je ne suis pas méchant, mais que je ne suis pas même aigri, et que c'est tout au plus si mes accès de rage pourraient faire peur aux moineaux. J'ai l'écume à la bouche? Donnez-moi du thé sucré : me voilà calmé. Je m'attendris même, quitte à en faire une maladie, quitte à en avoir des mois d'insomnie, des mois de *honte*. Voilà comme je suis.

Et je mentais en disant que j'ai été un fonctionnaire méchant. Eh! c'est par méchanceté que je mentais. En réalité je m'amusais avec les solliciteurs, avec cet officier principalement. Et vrai-

ment je n'avais pas la faculté d'être méchant. A
chaque instant, je constatais en moi des éléments
incompatibles avec un tempérament méchant; je
les sentais grouiller en moi, ces éléments, et je
savais qu'ils grouillaient en moi depuis toujours,
et qu'ils s'efforçaient de se manifester à la vie extérieure, de sortir de l'ombre ou je les maintenais;
mais je ne les laissais pas sortir, non, je ne les laissais pas! Exprès! je ne les laissais pas sortir, exprès! J'en souffrais, j'en rougissais. J'en avais des
convulsions, et à la fin j'en étais las, oh! comme
j'en étais las! — Dites donc, messieurs, est-ce
que je ne vous fais pas l'effet d'avoir quelque regret, quelque repentir, et de vous demander, en
quelque sorte, de me pardonner?... N'est-ce pas?
cela vous paraît certainement tel... Mais je vous
assure que cela m'est indifférent...

Devenir méchant! Mais puis-je seulement devenir quelque chose? Ni méchant ni bon, ni coquin, ni honnête, ni héros ni goujat. Maintenant
j'achève de vivre dans mon coin, et j'achève aussi
de m'enrager avec cette consolation : que sérieusement un homme d'esprit ne peut être ni coquin,
ni honnête, ni rien, et qu'il n'y a que les sots qui

puissent être quelque chose. Oui, un homme du dix-neuvième siècle a pour premier devoir d'être une créature *quelconque*, surtout *sans caractère* : car un homme à caractère, un homme d'action est essentiellement borné. Voilà l'enseignement expérimental de mes quarante ans. Quarante ans ! Mais quarante ans, c'est toute une vie, c'est la plus extrême vieillesse. Dépasser la quarantaine est impoli, banal, immoral. Qui vit plus de quarante ans ? répondez-moi franchement. Mais je vais vous le dire : les sots et les coquins, je le dis en plein visage à tous les vieillards, à tous ces honorables vieillards, à ces vieillards aux cheveux d'argent ; je le dis à tout le monde, et j'ai le droit de le dire, car je vivrai moi-même jusqu'à soixante ans, — jusqu'à soixante-dix ! jusqu'à quatre-vingts !... Attendez, laissez-moi respirer...

Croiriez-vous par hasard que je cherche à vous faire rire ? Quelle erreur ! Je ne suis pas un homme plaisant, comme cela vous semble, c'est-à-dire comme cela vous semble *peut-être*. D'ailleurs, si mon bavardage vous irrite (et vous êtes irrités, je le sens) et si vous pensez à me demander : Qui êtes-vous ? je vous répondrai : Je suis un fonction-

naire de telle classe. J'ai pris cet emploi pour
vivre (pas uniquement pour vivre), et quand, l'année dernière, un de mes parents éloignés est mort
juste à point pour me laisser six mille roubles en
héritage, je me suis hâté de donner ma démission.

— Et maintenant, je reste dans mon coin, j'y ai
élu domicile : j'y vivais déjà quand j'étais fonctionnaire, mais maintenant j'y ai élu domicile. Ma
chambre est triste, dégoûtante, dans la banlieue.
J'ai pour domestique un sot, un scélérat qui fait de
ma vie une torture constante. On prétend que le
climat de Pétersbourg ne me vaut rien, et qu'avec
mes rentes insignifiantes la vie ici est trop chère
pour moi. Je sais tout cela, je le sais mieux que
tous les donneurs de conseils, si expérimentés et
sages qu'ils puissent être, et je reste; et je ne
quitterai jamais Pétersbourg, parce que... Mais
que j'y reste ou non, que vous importe ?

Pourtant... De quoi les gens « comme il faut »
parlent-ils le plus volontiers ?

Réponse : D'eux-mêmes.

Eh bien, je parlerai de moi-même.

II

Maintenant donc, messieurs, je vais vous conter — que vous le désiriez ou non — pourquoi je suis incapable d'être même un goujat. Je vous déclare solennellement que j'ai plusieurs fois essayé de devenir un goujat. J'ai échoué. C'est une maladie que d'avoir une conscience trop aiguë de ses pensées et de ses actions, une vraie maladie. Une conscience ordinaire, médiocre, suffirait, et au delà, aux besoins quotidiens de l'humanité; ce serait assez de la moitié, du quart de la conscience commune aux hommes cultivés de notre malheureux dix-neuvième siècle et qui ont de plus la malechance d'habiter à Pétersbourg, la plus abstraite ville du monde, la plus abstraite et la plus spéculative. (Car il y a des villes spéculatives et des villes antispéculatives.) On pourrait se contenter, par exemple, de ce que possèdent de conscience les hommes d'action et tous ceux qu'on appelle des individus de premier mouvement.

Je parie que vous me trouvez prétentieux pour avoir osé écrire cela, pour avoir osé railler les hommes d'action, prétentieux et d'un goût médiocre : *je fais du bruit avec mon sabre,* comme le petit officier. Mais quoi ? se vante-t-on de sa propre maladie ? y a-t-il à cela la moindre arrogance ?...

Qu'est-ce que je dis ? Tout le monde en est là, et c'est toujours de ses maladies qu'on se vante. Peut-être seulement le fais-je plus que les autres. J'en conviens donc, mon objection était stupide. Il n'en est pas moins vrai que non-seulement un excès de conscience est maladif, mais que la conscience elle-même, en soi et en principe, est une maladie, je le soutiens... Laissons cela de côté pour l'instant.

Dites-moi : comment se pouvait-il faire que, juste aux heures (oui, juste à ces heures-là !) où je concevais le plus précisément toutes les délicatesses « du Beau et du Grand », comme on disait jadis, il m'arrivât, non plus de projeter, mais d'accomplir des actions si viles, si viles que... ? Plus j'approfondissais le Bien et « le Beau et le Grand », plus je m'enfonçais dans ma fange et plus j'étais tenté de m'y perdre tout à fait. Mais le point

capital, c'est qu'il n'y avait dans mon cas rien
d'apparemment anormal : il me semblait que c'é-
tait tout naturel. C'était un état de santé ordinaire,
sans aucun élément morbifique. De sorte qu'à la
fin j'ai cessé de lutter. J'ai failli croire (et peut-
être l'ai-je cru en effet) que c'était là une destinée
fatale. J'ai d'abord beaucoup souffert. Je croyais
ma situation unique, et je cachais tous ces phéno-
mènes intérieurs comme des secrets. J'en avais
honte (n'en ai-je pas encore honte maintenant?),
mais je goûtais de secrètes délices, monstrueuses et
viles, à songer en rentrant dans mon coin par une
de ces sales nuits pétersbourgeoises, à songer,
dis-je, que « aujourd'hui encore j'avais fait une
action honteuse, et que ce qui était fait était irré-
parable », et à aigrir mes remords et à me *scier*
l'esprit et à irriter ma plaie à tel point que ma
douleur se transformait en une sorte d'ignoble
plaisir maudit, mais réel et tangible. Oui, en plaisir! oui, en plaisir! J'y tiens. Je relate cette observation exprès pour savoir si d'autres ont connu
ce singulier plaisir. Écoutez-moi : le plaisir consistait justement en une intense conscience de la
dégradation, justement en ceci que je me sentais

descendre au dernier degré de l'avilissement, et qu'il n'y avait plus d'issue, et que s'il m'était accordé encore assez de temps et de foi pour me transformer en un homme meilleur, assurément je n'en aurais pas voulu prendre la peine. L'eussé-je même voulu, je n'aurais pas fait le moindre effort pour y parvenir, car me transformer... en quoi?... Mais assez!... Hé! qu'est-ce que je dis là! quel mystère voulais-je donc expliquer?...

Je vais pourtant essayer de vous dire en quoi consistait ce délice. Je vais vous le dire, vous le dire par le menu, car c'est précisément pour cela que j'ai pris la plume...

J'ai beaucoup d'amour-propre. Je suis toujours en méfiance et je m'offense facilement, comme un bossu ou un nain. Eh bien, à certaines heures, n'importe quoi, d'injurieux ou de douloureux, voire un soufflet, m'eût rendu heureux. Je parle sérieusement : cela m'eût causé un réel plaisir, il va sans dire un plaisir amer et désespéré, mais c'est dans le désespoir que sont les plaisirs les plus ardents, surtout quand on a conscience de ce désespoir... Quoi qu'il m'arrivât, c'est toujours moi qui paraissais le principal coupable, et le plus désolant, c'est que j'étais à la fois coupable et innocent, ayant agi, pour ainsi dire, d'après ma loi naturelle. J'étais coupable d'abord, parce que je suis plus intelligent que tous ceux qui m'entourent (je me suis toujours estimé plus intelligent que les autres, et parfois, croyez-moi, j'en étais même honteux; c'est pourquoi j'ai, durant toute ma vie, regardé obliquement les gens, jamais en face). Et puis j'étais innocent parce que... Eh bien! parce que j'étais innocent!...

III

Comment font les gens qui savent se venger et en général se défendre? Quand l'esprit de vengeance les domine, ils ne sont plus accessibles à aucun autre sentiment. L'homme offensé va droit à son but comme va un taureau furieux, les cornes baissées, et qui ne s'arrête qu'au pied d'un mur. Voilà sa force.

(A propos, au pied du mur, les gens de premier mouvement s'arrêtent. Pour eux le mur n'est pas un obstacle qu'on peut tourner, comme pour nous autres, gens qui *pensons* et par conséquent n'agissons pas. Non, ils s'arrêtent et se retirent franchement, le mur les calme, c'est une solution décisive et définitive, quelque chose même de mystique... Mais nous reviendrons au mur.)

Donc l'homme de premier mouvement est, à mon sens, l'homme vrai, normal, tel que le souhaitait sa tendre mère, la Nature. Je suis jaloux de cet homme au dernier point. Il est bête, j'en conviens, mais qui sait ? l'homme normal, peut-être, doit être bête. Peut-être même est-ce une beauté, cette bêtise. Pour ma part j'en suis d'autant plus convaincu que si, par exemple, je prends, par antithèse, pour homme normal celui qui a la conscience intense, qui est sorti, cela va sans dire, non de la matrice naturelle, mais d'une cornue (ça, c'est presque du mysticisme, messieurs, mais je le sais), eh bien, cet *homunculus* se sent parfois si inférieur à son contraire qu'il se considère lui-même, en dépit de toute son intensité de conscience, comme un rat plutôt qu'un homme, — un rat doué d'une intense conscience, mais tout de même un rat, —

tandis que l'autre est un homme, et par conséquent,
etc... Surtout n'oublions pas que c'est lui-même,
lui-même qui se considère comme un rat, personne
ne l'en prie, — et c'est là un point important.

Voyons maintenant le rat aux prises avec l'action. Supposons par exemple qu'il soit offensé (il
l'est presque toujours) : il veut se venger. Il est
peut-être plus capable de ressentiment que l'*homme
de la nature et de la vérité*[1]. Ce vif désir de tirer
vengeance de l'offenseur et de lui causer le tort
même qu'il a causé à l'offensé, est plus vif peut-
être chez notre rat que chez l'*homme de la nature
et de la vérité*. Car l'*homme de la nature et de la vérité*, par sa sottise naturelle, considère la vengeance comme une chose juste, et le rat, à cause
de sa conscience intense, nie cette justice. On
arrive enfin à l'acte de la vengeance. Le misérable
rat, depuis son premier désir, a déjà eu le temps,
par ses doutes et ses réflexions, d'accroître,
d'exaspérer son désir. Il embarrasse la question
primitive de tant d'autres questions insolubles,
que, malgré lui, il s'enfonce dans une bourbe
fatale, une bourbe puante composée de doutes,

---

[1] En français dans le texte.

d'agitations personnelles, et de tous les mépris que crachent sur lui les hommes de premier mouvement, qui s'interposent entre lui et l'offenseur comme juges absolus et se moquent de lui à gorge déployée. Il ne lui reste évidemment qu'à faire, de sa petite patte, un geste dédaigneux, et à se dérober honteusement dans son trou avec un sourire de mépris artificiel auquel il ne croit pas lui-même. Là, dans son souterrain infect et sale, notre rat offensé et raillé se cache aussitôt dans sa méchanceté froide, empoisonnée, éternelle.

Quarante années de suite il va se rappeler jusqu'aux plus honteux détails de son offense et, chaque fois il ajoutera des détails plus honteux encore, en s'irritant de sa perverse fantaisie, inventant des circonstances aggravantes sous prétexte qu'elles auraient pu avoir lieu, et ne se pardonnant rien. Il essayera même, peut-être, de se venger, mais d'une manière intermittente, par des petitesses, *de derrière le poêle* [1], incognito, sans croire ni à la justice de sa cause, ni à son succès, car il sait d'avance que de tous ces essais de vengeance il souffrira lui-même cent fois plus que son ennemi.

[1] Expression russe.

Sur son lit de mort, il se rappellera encore, avec les intérêts accumulés et... Mais c'est précisément en ce dernier désespoir, en cette foi boiteuse, en ce conscient ensevelissement de quarante ans dans le souterrain, en ce poison des désirs inassouvis, en cette turbulence fiévreuse des décisions prises pour l'éternité et en un moment revisées que consiste l'essence de ce plaisir étrange dont je parlais. Il est si subtil et parfois si difficile à soumettre aux analyses de la conscience que les gens tant soit peu bornés ou même tout simplement en possession d'un système nerveux en bon état n'y comprendront rien. Peut-être, ajoutez-vous en souriant, ceux aussi qui n'ont jamais reçu de soufflet n'y comprendront rien, voulant me faire par là poliment entendre que j'ai dû faire *l'expérience du soufflet,* et que, par conséquent, j'en parle en connaisseur : je gage que c'est là votre pensée. Mais tranquillisez-vous, messieurs, je n'ai pas fait cette expérience, — quoiqu'il me soit bien égal que vous ayez de moi telle ou telle autre opinion. Je regrette bien plutôt de n'avoir pas moi-même donné assez de soufflets... Mais suffit, assez sur ce thème qui vous intéresse trop.

Je reviens donc paisiblement aux gens doués
d'un bon système nerveux et qui ne comprennent
pas les plaisirs d'une certaine acuité. Ces gens-là,
si on les offense, beuglent comme des taureaux,
à leur grand honneur, mais s'apaisent immédiatement devant l'impossibilité, — vous savez, *le mur*.
Quel mur? mais cela va sans dire, les lois de la
nature, les conclusions des sciences naturelles, la
mathématique. Qu'on vous démontre que l'homme
descend du singe, il faut vous rendre à l'évidence,
« il n'y a pas à tortiller ». Qu'on vous prouve
qu'une parcelle de votre propre peau est plus précieuse que des centaines de milliers de vos proches,
et qu'au bout du compte toutes les vertus, tous les
devoirs et autres rêveries ou préjugés doivent
s'effacer devant cela; eh bien! qu'y faire? Il faut encore se rendre, car deux fois deux... c'est la mathématique! Essayez donc de trouver une objection.

« Mais permettez, dira-t-on, il n'y a en effet
rien à dire : deux fois deux font quatre. La nature
ne demande pas votre autorisation. Elle n'a pas à
tenir compte de vos préférences, il faut la prendre
comme elle est. Un mur? C'est un mur! Et ainsi
de suite... et ainsi de suite... »

Mon Dieu! que m'importe la nature? que m'importe l'arithmétique? etc., s'il ne me plaît pas que deux et deux fassent quatre?...

IV

— Ah! ah! ah! ah! Mais ne trouvez-vous pas quelque délice aussi dans une rage de dents? me demandez-vous en guise de raillerie.

Pourquoi pas? répondrai-je. Mais oui, il peut y avoir du plaisir même à souffrir des dents. J'en ai souffert tout un mois, et je sais ce qu'il en est; on ne reste pas silencieux, on geint; mais tous les gémissements ne sont pas également sincères, il y a de la comédie : et voilà une jouissance, ce gémissement hypocrite est un plaisir, pour le malade. S'il n'y prenait pas plaisir, il ne gémirait pas. Vous m'avez fourni un excellent exemple, messieurs, et je veux le creuser à fond.

Ce gémissement, que signifie-t-il? Le malade se plaint de l'inutilité humiliante de la maladie, il

en a conscience, et pourtant il a conscience aussi
de la légitimité de la nature qui vous torture,
cette légitimité que vous méprisez et dont vous
souffrez tout de même tandis que la nature n'en
souffre pas. Il n'y a devant vous aucun ennemi
visible, mais le mal existe pourtant. Vous avez
le sentiment que vous êtes esclave de vos dents,
que si la grande Inconnue le permettait, votre
douleur cesserait à l'instant, et que si elle le veut,
vous souffrirez encore trois mois. Refusez-vous
de vous soumettre? Protestez-vous? Justifiez-vous
donc vous-même, c'est tout ce que vous avez à
faire.

Donc, c'est avec cette humiliation sanglante
que commence le plaisir; il continue avec ces
dérisions on ne sait de qui, et s'élève parfois
jusqu'au délice suprême. Je vous en prie, messieurs, consultez un esprit éclairé du dix-neuvième siècle quand cet esprit-là a mal aux dents;
choisissez le second ou le troisième jour de sa
maladie, quand il met dans ses gémissements
moins de violence que le premier jour, quand il
commence à ne plus penser uniquement à son
mal. Je ne parle pas d'un grossier moujik, je parle

de quelque personnage faussé par l'éducation du temps, par les raffinements de la civilisation européenne, et qui geint en homme élevé au-dessus du niveau naturel et des principes populaires, comme on dit aujourd'hui. Ses gémissements sont méchants, hargneux, et ne cessent ni nuit ni jour : il sait bien que cela ne lui sert à rien et qu'il ferait bien de se taire ; il sait mieux que tout autre qu'il s'irrite vainement lui-même et irrite son entourage. Et je le répète, c'est dans la conscience de tout cet avilissement que consiste le vrai délice.

Vous ne comprenez pas encore, messieurs? Non, je vois qu'il faut prodigieusement s'aiguiser l'esprit pour comprendre tous les détours de ce singulier plaisir. Vous riez? J'en suis bien aise! Mes boutades, certes, sont de mauvais goût, sans mesure, folles? — Mais ne comprenez-vous pas que je n'ai aucun souci de ce que je peux dire, n'ayant aucune estime de moi-même? Est-ce qu'un homme conscient peut s'estimer?

V

Peut-il avoir la moindre considération pour soi-même, celui qui commet le sacrilége de prendre plaisir à sa propre humiliation? Et je ne dis point cela par quelque hypocrite repentir. Je n'ai jamais pu prendre sur moi-même de prononcer les mots : « Pardon, papa, je ne le ferai plus. » Non que j'eusse été incapable de le dire : mais au contraire parce que je n'y avais que trop de penchant.

...Observez-vous mieux vous-mêmes, et vous me comprendrez, messieurs. Que de fois j'ai imaginé des aventures et composé ma vie comme un livre! Que de fois il m'est arrivé, par exemple, de m'offenser d'un rien, exprès, sans motif! Mais on se monte si facilement et si bien qu'à la fin on se croit véritablement offensé. J'ai bien souvent joué ce jeu, de telle sorte que j'ai fini par m'y prendre et que je n'étais plus maître de moi-même.

D'autres fois, j'ai voulu me rendre amoureux de
force. J'ai bien souffert, je vous jure...

Je n'ai connu de pires souffrances que celles —
pourtant mêlées de douceurs — que j'endurai
quand Katia me laissa voir qu'elle pourrait m'aimer
et presque aussitôt m'abandonna. Pourtant, si
j'avais su vouloir, je l'aurais retenue! J'aurais
écarté le vieillard, l'horrible mechtchanine!...
Mais à quoi bon réveiller des souvenirs qui me
tuent! D'ailleurs, c'est une histoire que vous
ignorez...

O messieurs, ne serait-ce pas précisément parce
que je n'ai jamais rien pu finir ni commencer que
je me considère comme un homme intelligent?
Soit, je suis un bavard inoffensif, — comme tout
le monde! — Mais quoi? ce bavardage, n'est-ce
pas la destinée unique de tout homme intelligent,
— ce bavardage, c'est-à-dire l'action de verser le
rien dans le vide?

VI

Si je n'agissais jamais que par paresse — comprenez-vous? Dieu! que je m'estimerais! Car c'est là une qualité positive et assurée. Quand on me demanderait : Qu'es-tu? je pourrais au moins répondre : Un paresseux. C'est une manière d'être, cela. Je ne plaisante pas, c'est, dis-je, une manière d'être, et qui me donnerait le droit d'entrer dans le premier cercle à la mode. — J'ai connu un homme qui mettait toute sa gloire à savoir reconnaître le château-laffitte de tout autre vin. Il est mort avec une conscience tranquille : certes, il avait raison. Et, à son exemple, je pourrais, si j'étais l'homme que je rêve, je pourrais boire sans souci à l'honneur de tout ce qui est grand et beau, — et tout pour moi, même les plus insignifiantes choses, même les plus vides, tout serait beau et grand. Et je vivrais en paix, et je mourrais avec majesté, — quelle splendide destinée! Et je prendrais du ventre, un triple menton, et mon nez deviendrait si caractéristique que rien qu'à me voir chacun pourrait dire : Celui-ci est un sage, c'est-à-dire un homme positif. Vous direz tout ce qu'il vous plaira, cela est toujours agréable à entendre dans ce siècle de négation.

VII

Mais tout ça, c'est un rêve d'or!...

Qui donc a le premier prétendu que l'homme ne commet des actions mauvaises que parce qu'il ignore ses véritables intérêts, et que si on les lui enseignait, il cesserait aussitôt d'être la chose honteuse et vile qu'il est : car, comprenant ses véritables intérêts, il les trouverait dans la vertu ? *Et l'on sait que personne n'agit délibérément contre ses véritables intérêts :* il ferait donc par nécessité des exploits de saint ou de héros. — Quel enfant, l'auteur de cet apophthegme! Quel enfant naïf et bien intentionné! *Quand donc, depuis qu'il y a un*

monde, l'homme a-t-il agi exclusivement par intérêt?
Que fait-on donc de ces innombrables documents
qui témoignent que les hommes font *exprès* sans
se leurrer sur leurs véritables intérêts, sans y être
poussés par rien, pour se détourner *exprès*, dis-je,
de la voie droite, en cherchant à tâtons le mauvais
chemin, des actions absurdes et mauvaises? C'est
que ce libertinage leur convient mieux que toute
considération d'intérêt réel..... L'intérêt! mais
qu'est-ce donc que l'intérêt? Qui me le définira
avec **exactitude?** Que direz-vous si je vous prouve
que *parfois* l'intérêt réel consiste en un certain
mal, un mal nuisible, un mal assuré, qu'on pré-
fère à un bien? Et alors, la règle disparaît. Mais
vous pensez qu'il n'y a pas de cas semblables. Et
vous riez. Riez, mais répondez. A-t-on bien calculé tous les intérêts humains? N'y en a-t-il pas
un qui échappe à toutes vos classifications? Vous
établissez vos listes d'intérêts sur des moyennes
fournies par les statistiques et les résultats de l'éco-
nomie politique : ce sont le bonheur, la richesse,
la liberté, le repos, etc., etc..... De sorte qu'un
homme qui ne voudrait pas tenir compte de vos
listes serait un obscurantiste, un arriéré, un fou,

n'est-ce pas?. Pourquoi, cependant, vos statisti-
ciens en énumérant les intérêts en ont-ils toujours
oublié un? Par malheur, celui-là précisément est
insaisissable; il est réfractaire à toutes vos belles
ordonnances. Par exemple, j'ai un ami... (d'ailleurs
c'est l'ami de tout le monde). S'il a un projet
qui lui tienne à cœur, il l'expose très-sagement et
selon toutes les lois de la saine logique; il vous
parlera avec passion des intérêts de l'humanité,
rira de ces sots, de ces myopes qui ne comprennent
pas la vraie signification de la vertu, et, juste un
quart d'heure après, sans aucun prétexte visible,
mais poussé par une force intime qui prime tous
les intérêts, fait juste ce que condamnent toutes
ses théories. — Il y a donc quelque chose, en cet
homme, de plus puissant et de plus précieux que
tous les intérêts, quelque chose qui est *le plus intéressant des intérêts* et dont justement on ne tient
pas compte.

— Mais ce n'est pas moins par intérêt qu'il agit,
me direz-vous.

Permettez, ne jouons pas sur les mots : le principal ici, c'est que cet intérêt spécial renverse vos
systèmes, met vos listes sens dessus dessous, ne

peut se loger sous aucune rubrique et vous déso-
riente.

Avant de vous donner le nom de cet intérêt, je
veux vous déclarer insolemment, au risque de me
compromettre, que ces beaux systèmes qui tendent
à prouver à l'homme qu'il doit être vertueux par
intérêt ne sont que vaines subtilités de dialectique.
Ce système de la régénération de l'humanité par
l'intelligence de ses intérêts vaut la théorie qui
prétend que la civilisation rend l'homme moins
sanguinaire. L'homme a un tel goût pour les conclusions *à priori* qu'il dénature volontiers les faits
pour l'harmonie de son système... Mais regardez
donc autour de vous : le sang coule à flots, et
joyeusement! il petille comme du champagne!
Voilà notre dix-neuvième siècle, voilà Napoléon,
— le grand et l'autre, — voilà les États-*Unis*,
et leur éternelle union : où donc est cet adoucis-
sement des mœurs par la civilisation? Elle *développe* en l'homme la faculté de sentir, lui *ajoute*
de nouvelles sensations : voilà toute son œuvre;
elle a particulièrement donné à l'homme la faculté
de jouir à la vue du sang. Avez-vous remarqué
que les plus grands verseurs de sang sont les plus

civilisés des hommes? Attila et Stegnka Razine[1]
ne leur sont pas comparables. Ceux-ci semblent
plus violents, plus éclatants, mais c'est que nos
modernes Attilas sont si nombreux, si normaux,
qu'on ne les distingue plus. Il est incontestable
que nous sommes devenus plus bassement san-
guinaires grâce aux bienfaits de la civilisation.
Jadis on versait le sang pour un motif, — et pour
un motif qu'on croyait juste, — on pouvait tuer
avec tranquillité : aujourd'hui nous sommes con-
vaincus que le meurtre est vil, et nous le commet-
tons pourtant à la légère : qui préférez-vous? Attila
ou Napoléon?

— Mais la science nous transformera, nous gui-
dera à la vraie et idéale nature humaine. Volon-
tairement alors l'homme pratiquera la vertu et
sera par conséquent rendu au sentiment de ses
vrais intérêts. La science nous enseignera que
l'homme n'a et n'a jamais eu ni désir ni caprice;
il n'est qu'une touche de piano sous les doigts de
la nature. Il n'y a donc qu'à bien connaître les
lois naturelles : toutes les actions humaines seront
alors calculées d'après une certaine table de loga-

---

[1] Fameux chef de brigands, sur le Volga.

rithmes morale au 0,108.000, et inscrite dans un calendrier. Mieux encore : on en fera des éditions commodes, comme les lexiques d'aujourd'hui, où tout sera calculé et défini de telle sorte que le hasard et la liberté seront supprimés.

Ainsi — c'est toujours vous qui parlez — s'établiront des relations économiques nouvelles, et toutes les réponses seront faites d'avance à toutes les questions : alors sera fondé le Temple du Bonheur, alors... en un mot, c'est alors que sera venu l'âge d'or.

Certes, on ne peut garantir que cet état de choses permettra d'être bien gai, — c'est moi qui vous demande la parole, s'il vous plaît, — puisqu'il n'y aura plus d'imprévu. Mais quelle sagesse ! Par malheur, l'homme est sot; quoi qu'on fasse pour lui, il est ingrat, ingrat à un tel point que... qu'on ne peut imaginer une ingratitude pire que la sienne. Je ne serais donc pas étonné que, parmi toute cette sagesse, se levât quelque gentleman arriéré qui se camperait, les poings sur les hanches, pour vous dire : « Si nous envoyions au diable toute cette sagesse et si nous nous remettions à vivre selon notre fantaisie? » Et cela n'est

rien encore, mais je suis sûr que ce sot gentleman
aura des partisans. L'homme est ainsi fait! Il veut
être libre, il veut pouvoir agir contre son intérêt,
il prétend que parfois *c'est un devoir*. (Cette idée
m'est personnelle...) Mon propre vouloir, mon
caprice, ma fantaisie la plus folle, voilà le plus
intéressant des intérêts, cet intérêt particulier dont
je vous parlais, qui refuse d'entrer dans vos classifications et les fait éclater. Où prenez-vous que
l'homme aime la sagesse et s'en tienne à ne recher-
cher que ce qui lui est utile? Ce qu'il faut à l'homme,
c'est l'*indépendance*, à n'importe quel prix.

VIII

— Ah! ah! ah! ah! Mais il n'y a pas d'indépendance! me répondez-vous en riant. La science
a disséqué l'homme, et vous savez par elle que la
volonté, la liberté ne sont autre chose que...

— Un instant! c'est précisément ce que je voulais dire, quand vous m'avez interrompu. Oui,

c'est vrai, mais voilà le *hic*... Excusez-moi, j'ai
un peu trop philosophé. J'ai quarante ans de souterrain... Voyez-vous, le raisonnement est bon,
c'est certain. Mais il ne satisfait que l'intelligence :
la volonté est cette particulière manifestation de
toutes les facultés vitales. Que vaut l'intelligence ?
Elle n'est qu'une collection de maximes apprises.
La nature humaine veut agir par toutes ses forces,
consciemment ou inconsciemment, artificiellement
même, mais *vitalement* toujours. Je vous répète
pour la centième fois qu'il y a un cas unique,
mais certain — où l'homme veut se réserver le
droit d'accomplir la plus sotte action et n'être pas
obligé de ne faire que des choses bonnes et rai-
sonnables. Car, à tout dire, c'est notre propre
individualité qui est intéressée ici.

IX

Messieurs, — je plaisante, et très-maladroite-
ment, mais tout n'est pas plaisant dans ma plai-

santerie. Je serre les dents peut-être... Messieurs!
plusieurs mystères m'inquiètent : expliquez-les-
moi! Vous voulez transformer l'homme, selon
les exigences de la science et du bon sens. Mais
comment savez-vous qu'on puisse transformer
l'homme, et qu'on *le doive?* Comment savez-vous
que cette transformation soit utile à l'homme?
C'est une supposition gratuite. C'est logique, mais
ce n'est pas humain. — Vous pensez que je suis
fou?...

L'homme aime à *construire*, c'est certain : mais
pourquoi aime-t-il aussi à détruire? Ne serait-ce
pas qu'il a une horreur instinctive d'atteindre le
but, d'achever ses constructions? Peut-être n'arrive-
t-il à construire que de loin, en projet; peut-être
aussi se plaît-il à faire des maisons pour ne pas les
habiter, les abandonnant ensuite aux fourmis et
aux bêtes familières. Les fourmis ont d'autres
goûts que les hommes. Elles bâtissent pour l'éternité leurs fourmilières, c'est le but de toute leur
existence et leur unique idéal, ce qui fait grand
honneur à leur constance comme à leur esprit
positif. L'homme, au contraire, esprit léger, est
un perpétuel joueur d'échecs : il aime les moyens

plus que le but, et, qui sait? n'est-ce pas le but, les moyens? La vie humaine ne consiste-t-elle pas plutôt en un certain mouvement vers un certain but; qu'est ce but lui-même? et ce but, il va sans dire, ne peut être qu'une formule, 2 fois 2 font 4, et ce 2 fois 2 font 4 n'est déjà plus la vie, messieurs, c'est le commencement de la mort. Supposons que l'homme consacre toute sa vie à chercher cette formule; il traverse des océans, il s'expose à tous les dangers, il sacrifie sa vie à cette recherche : mais y parvenir, y réellement parvenir, je vous assure qu'il en a horreur. Il sent bien que quand il aura trouvé, il n'aura plus rien à *chercher*. Les ouvriers, quand ils ont achevé leur travail, reçoivent leur argent, s'en vont au cabaret et de là au violon : voilà de l'occupation pour toute la semaine. Mais l'homme, où ira-t-il? Atteindre à la formule, quelle dérision! En un mot, l'homme est une risible machine; il transpire le calembour. Je conviens que 2 fois 2 font 4 est une bien jolie chose; mais, au fond, 2 fois 2 font 5 n'est pas mal non plus...

X

Mais...

Nous autres, habitants du souterrain, il faut nous tenir en bride. Nous pouvons garder un silence de quarante ans. Mais, si nous ouvrons la bouche, nous parlons, parlons, parlons...

XI

Il n'y a rien de mieux au monde qu'une inertie consciente. Vive donc le souterrain !

Ah! pourquoi en suis-je jamais sorti? Pourquoi n'y suis-je pas né? — Car j'ai voulu essayer de vivre, je vous l'ai dit : j'ai essayé d'être goujat. — Peut-être même ai-je aussi essayé d'être héros. Rien, il n'y a rien dans le monde pour moi. Mon passé est une perpétuelle et ironique négation. Hélas! j'ai rêvé, je n'ai pas vécu! et pourtant je vais bientôt mourir. De cela je ne me plains pas trop. Pourtant, messieurs, avouez vous-mêmes que ce n'est pas juste!

J'ai rêvé la vie au loin, sur les bords de la mère Volga, avec la si belle, la si étrange fille, dont je n'ai pas eu la force de m'emparer quand elle m'était offerte, elle ma vraie vie, ma seule vie, et depuis ce jour-là je suis mort avant la mort, tué par une apparition farouche, une ombre de vieux satyre qui n'a peut-être jamais existé, et je disserte...

Je vous jure, messieurs, que je ne crois pas un traître mot de tout ce que je viens d'écrire, — c'est-à-dire, peut-être bien au contraire j'y crois très-vivement, — et pourtant quelque chose me dit que je mens comme un cordonnier.

— Pourquoi donc avez-vous écrit tout cela?

— Je voudrais bien, messieurs, vous voir condamnés à quarante ans de néant, et je voudrais bien ensuite savoir ce que vous seriez devenus!

— Imaginez un peu cela, je vous prie : vous n'avez pas eu d'existence réelle, et dans un caveau où ne pénètre qu'une lumière de crépuscule finissant, une aube d'agonie, vous vous demandez ce que c'est que la vie, et ce que c'est que le jour. Je vous ai donné quarante ans pour vous faire une opinion sur ces graves sujets, et aujourd'hui, premier jour de la quarante et unième année, je vous interroge : « Qu'est-ce que la vie ? Qu'est-ce que... ? » Mais vous ne me laissez pas finir. Vous avez tant pensé, tant réfléchi, que vous éclatez en paroles, un peu incohérentes, mais non pas tout à fait dénuées d'un certain sens, — qui, je l'avoue, n'est peut-être pas le sens *commun*.

XII

Quand, de la nuit de sa perte,
Par un mot d'ardente persuasion,
J'ai sauvé ton âme égarée
Et qui débordait de douleur,
Tu as maudit en te tordant les mains
Le vice qui t'avait investie,
Et la conscience, qui allait te fuir,
Te châtia par le souvenir,
Et tu commençais à me conter

Tout ce qui t'était arrivé avant moi
Quand soudain, cachant ton visage dans tes mains,
Pleine de honte et de terreur,
Tu fondis en larmes,
Révoltée, désespérée.....

(D'un poëme de Nekrassov.)

La neige tombe, aujourd'hui, presque fondue; jaune, sale. Voilà bien des jours qu'il neige. — Et il me semble que c'est la neige fondue qui me remet en mémoire une histoire de ma jeunesse. Contons donc cette histoire *à propos de la neige fondante.*

J'avais trente ans. Ma vie était déjà triste, désordonnée, solitaire jusqu'à la sauvagerie. Je n'avais pas d'amis, j'évitais toute relation, et je me blottissais de plus en plus dans mon coin. A mon bureau, je ne regardais personne; mes collègues me traitaient comme un original, et même avaient pour moi une certaine répulsion. Je me suis demandé bien souvent pourquoi j'étais seul l'objet de cette répulsion... Ainsi l'un d'eux avait un visage dégoûtant, couturé de petite vérole, et dans la physionomie quelque chose de répugnant, — un visage à n'oser le regarder. Un autre était sale, puant. Pourtant ni l'un ni l'autre ne paraissaient

supposer qu'on pût avoir du dégoût pour eux; ni
l'un ni l'autre ne semblaient avoir d'autre préoccupation que celle-ci : être *considérés* par leurs
chefs. Et maintenant je vois bien que c'est mon
maladif et exigeant amour-propre qui m'inspirait
à moi-même du dégoût pour moi-même et qui me
faisait supposer dans les yeux d'autrui ce dégoût
que je portais en moi. Car je me détestais. Mon
visage me semblait infâme, j'en trouvais l'expression vile; à mon bureau je m'éloignais le plus
possible des autres fonctionnaires pour leur laisser
croire que *je pouvais* avoir une physionomie noble.
« Que je sois laid, qu'importe? pensais-je, mais
que du moins ma laideur soit noble et *extrêmement* intelligente. » Mais le plus terrible, c'est que
mon visage me semblait celui d'un sot. J'aurais
préféré qu'il fût ignoble, si à ce prix j'avais pu obtenir qu'il exprimât une extraordinaire intelligence.

Naturellement, je haïssais tous mes collègues,
du premier au dernier; j'avais à la fois peur et
mépris. Il m'est arrivé, quand la peur prenait le
dessus, de les considérer comme bien supérieurs
à moi; c'était une impression soudaine; et soudaine
était la revanche...

Mon développement intellectuel était morbide, comme est celui de tout homme cultivé de notre temps. Eux, au contraire, stupides, étaient pareils entre eux comme les moutons d'un troupeau. J'étais peut-être seul dans mon bureau à trouver ma condition celle d'un lâche esclave, et c'est pourquoi je pouvais me croire seul développé, et c'était réel, j'étais un lâche et un esclave, je le dis sans détours, car tout homme digne du nom d'homme moderne est et doit être un esclave : c'est son état normal. J'en suis convaincu, c'est une chose fatale. Et que disais-je « moderne »? Toujours, dans tous les temps, un homme digne de ce nom a dû être un lâche et un esclave. C'est la loi de la nature pour tout *honnête* homme. Et si cet honnête homme commet, comme malgré lui, quelque action d'éclat, qu'il ne s'en réjouisse pas, qu'il n'y puise pas de consolations pour les mauvaises heures, car cette mémorable action ne l'empêchera pas de faire banqueroute à l'honneur dans quelque autre circonstance : telle est l'unique conclusion. La suffisance et le contentement de soi sont le propre des ânes.

Ce qui me faisait le plus souffrir, c'est que j'étais

différent de *tous* : « Je suis seul, et eux ils sont *le monde* », pensais-je, et je méditais là-dessus à perte de vue. — J'ai essayé de me lier avec certains de mes collègues, jouant aux cartes, buvant du vodka, et discutant sur les chances d'avancement.

Mais ici permettez-moi une petite digression.

Nous autres, Russes, nous n'avons jamais eu de ces romantiques éthérés comme les Allemands et surtout les Français qui ne peuvent plus descendre du ciel, la France s'abimât-elle sous les barricades et les tremblements de terre. — Je parle des romantiques : c'est que je me faisais parfois le reproche de romantisme... — Eh bien! dis-je, les Français sont des sots, — et nous n'en avons pas de tels sur notre terre russe. Chacun sait cette vérité : c'est par là surtout que nous nous distinguons des pays étrangers. Nous sommes très-peu éthérés, nous ne sommes pas de purs esprits. Notre romantisme, à nous, est tout à fait opposé à celui de l'Europe : et le sien et le nôtre ne peuvent avoir de communes mesures. (Je dis romantisme; permettez-le-moi. C'est un petit mot qui a fait humblement son service, il est vieux, et tout le monde le connaît.) Notre romantisme à nous comprend tout, *voit tout, et voit souvent avec une clarté incomparablement plus vive que celle des esprits les plus positifs...* Ne faire de compromis avec rien ni personne, ni rien dédaigner; ne jamais perdre de vue l'utile et le pratique (comme, par exemple, le logement aux frais de l'État, la pension et la décoration); ne voir que ce but à travers tous les enthousiasmes et tous les lyrismes, tout en conservant par devers soi intact — comme soi-même! — l'idéal du beau et du grand, précieux bijou de joaillier : voilà les lois de notre romantisme... C'est un grand coquin, je vous assure, le premier des coquins, vous pouvez m'en croire. Mais c'est un *coquin honnête homme :* puisqu'il passe pour tel! — Eh bien, je n'ai jamais pu me hausser jusqu'à cet idéal de la pure, vertueuse et honnête coquinerie. Je n'ai jamais pu réussir à me faire loger par l'État, je n'ai jamais pu sauvegarder en moi l'idéal du beau et du grand, je dis de ce beau et de ce grand acceptés et patentés, qui ont cours et ne sont jamais protestés. C'est un grand bonheur que je ne me sois pas jeté dans la littérature. Quelle piètre figure j'y eusse faite! Pourtant on aurait pu me décréter d'utilité publique, car n'aurais-je pas contribué à l'égayement de mes contemporains... Mais non, mes contemporains sont des gens graves, de décents et corrects gentlemen qui ne veulent ni rire ni pleurer, — et il est à croire qu'ils ont raison.

XIII

Ah çà! trêve de spéculations! Ne voulais-je pas conter une histoire? — Ah! oui, une réjouissante histoire! Écoutez donc.

J'avais un ami, un certain Simonov, un ancien camarade d'école, un garçon calme, froid. Pourtant j'avais aimé en lui de l'indépendance et de l'honnêteté. Je crois même qu'il n'était pas tout à fait sot. Nous avions jadis passé ensemble de bons moments, mais ils furent courts, et un voile de brume tomba vite sur ces beaux matins. Je soupçonnais que je devais lui être très-désagréable, pourtant je le visitais.

Un jeudi soir, ne pouvant plus supporter mon
isolement, je me souvins de Simonov. En mon-
tant à son quatrième étage, je songeai que je lui
étais pénible et que j'avais tort de l'aller voir.
Mais cette réflexion était précisément de celles qui
m'encourageaient dans mes mauvaises pensées;
j'entrai chez lui. Il y avait près d'un an que nous
ne nous étions vus.

Je trouvai chez lui deux autres anciens camarades d'école. Ils discutaient visiblement quelque
importante affaire. Mon arrivée n'intéressa personne, chose étrange, car je ne les avais pas vus
depuis des années. Je fis l'effet insignifiant d'une
mouche dans une chambre. Même à l'école,
quoique je n'y fusse aimé de personne, on ne me
traitait pas ainsi. Ma position médiocre, mon
vêtement plus médiocre excitaient sans doute leur
mépris; mais je ne l'aurais pas cru tel. Simonov
parut même s'étonner de me voir. (D'ailleurs, il
s'était toujours étonné de me voir.) Tout cela me
mit mal à l'aise. Je m'assis, j'avais l'humeur chagrine, j'écoutai la discussion sans y prendre part.

On discutait passionnément à propos d'un dîner
d'adieu que ces messieurs voulaient offrir en

commun à leur ami l'officier Zvierkov qui partait pour une destination lointaine.

Môssieur Zvierkov était encore un de mes camarades d'école. Je l'avais pris en haine dans les dernières années de nos études communes. C'était un joli garçon, arrogant et dominateur, que tout le monde aimait. Je détestais le timbre de sa voix haute et prétentieuse; je détestais ses bons mots, — très-mauvais! je détestais son joli visage, très-joli et encore plus bête. (J'aurais pourtant volontiers changé mon *intelligent* visage contre le sien.) Nous nous étions perdus de vue. Il avait fait son chemin, tandis que moi...

Des deux hôtes de Simonov l'un était Ferfitchkine, un Allemand-Russe, petit de taille, avec un visage de singe, un sot moqueur, mon pire ennemi dès nos premières classes, vil, insolent, vaniteux, ambitieux, lâche. C'était un des fervents adorateurs de Zvierkov, à qui il empruntait de l'argent et rendait des courbettes. — L'autre, Troudolioubov, était un militaire, haut de taille, l'extérieur froid, assez honnête, mais qui avait le culte de tous les succès, et qui ne pouvait parler que de promotions. Il était parent de Zvierkov. Il en tirait du prestige. Pour moi, il me mettait au-dessous de rien, et n'avait avec moi ni politesse ni insolence, comme avec les choses.

— Eh bien, sept roubles par personne, dit Trou-dolioubov, cela fait vingt et un roubles. On peut faire à ce prix un bon dîner. Zvierkov, cela va sans dire, ne paye pas.

— Parbleu! puisque nous l'invitons! s'écria Simonov.

— Pensez-vous donc, dit Ferfitchkine avec l'inso-lence d'un valet qui croit porter les décorations de son général, qu'il nous permettra de payer pour lui? Il acceptera par délicatesse, mais il nous offrira certainement une demi-douzaine de bou-teilles de champagne.

— Quoi? une demi-douzaine pour quatre? remarqua Troudolioubov que le chiffre seul avait étonné.

— Donc, tous quatre, vingt et un roubles, à l'hôtel de Paris, demain à cinq heures, conclut Simonov qui semblait être l'organisateur de la fête.

— Comment, vingt et un roubles? dis-je avec agitation et comme si je me sentais offensé. Si vous me comptez, ce sera vingt-huit roubles.

Il me semblait que m'offrir ainsi à l'improviste était de ma part très-adroit et ne pouvait manquer de me conquérir l'estime universelle.

— Vous voulez donc..., remarqua Simonov avec mécontentement en évitant mon regard.

Il me connaissait par cœur, c'est pourquoi il évitait toujours mon regard.

J'étais furieux de cela, qu'il me connût par cœur...

— Et pourquoi pas? Je suis aussi un camarade, et je pourrais m'offenser d'avoir été oublié, bredouillai-je.

— Où fallait-il aller vous chercher? fit grossièrement Ferfitchkine.

— Vous n'étiez pas déjà si bons amis, Zvierkov et vous, ajouta Troudolioubov en fronçant les sourcils.

Mais je me cramponnai à mon idée.

— Il me semble que personne n'a le droit de juger entre nous, dis-je avec une voix tremblante. C'est précisément parce que jadis nous nous entendions mal que je tiens à le revoir maintenant.

— Et qui comprendra vos idées transcendentales? dit Troudolioubov en souriant.

— On vous inscrira, décida Simonov. Demain, cinq heures, hôtel à Paris, ne vous trompez pas.

— Et l'argent... allait commencer Ferfitchkine à voix basse en me désignant de coin de l'œil. Mais il s'interrompit, cette grossièreté avait déplu même à Simonov.

— Assez, dit Troudolioubov en se levant. Puisqu'il y tient, qu'il vienne.

— Mais ce n'est qu'un cercle d'amis, persistait Ferfitchkine en prenant aussi son chapeau. Ce n'est pas une réunion officielle...

Ils partirent. Ferfitchkine ne me salua pas. Troudolioubov ne m'accorda qu'un très-léger salut, sans me regarder. Simonov, avec qui je restai tête à tête, paraissait dépité et me regardait obliquement. Il restait debout et ne m'invitait pas à m'asseoir.

— Hum !... Oui... donc, demain. Donnez-vous l'argent tout de suite ? Je dis cela... pour savoir, balbutia-t-il avec embarras.

J'étais au moment d'éclater de colère. Mais aussitôt je me rappelai que depuis des temps incalculables je devais à Simonov quinze roubles. Je ne

l'avais jamais oublié; mais je ne rendais jamais
non plus.

— Convenez vous-même, Simonov, que je ne
pouvais savoir en entrant ici... Je regrette d'ailleurs d'avoir négligé...

— Bon, bon, vous payerez demain, pendant le
dîner... C'était à titre de renseignement... Je vous
en prie...

Il n'acheva pas et se mit à marcher à travers la
chambre avec une irritation croissante. Tout en
marchant il frappait du talon.

— Non, dit-il... C'est-à-dire... oui. Il faut que
je sorte. Je ne vais pas loin, ajouta-t-il, comme
pour s'excuser.

— Et pourquoi ne le di-siez-vous pas ? m'écriai-
je en saisissant mon chapeau.

— Non, pas très-loin... Il n'y a que deux pas,
répétait Simonov en m'accompagnant jusqu'à sa
porte avec un air affairé qui ne lui allait pas du
tout. Donc à demain à cinq heures! me cria-t-il
pendant que je descendais. — Cela signifiait qu'il
était très-content de me voir partir. Moi, j'étais
furieux.

Que le diable les emporte! pensai-je tout en

marchant. Quel besoin avais-je de me mettre
encore cette affaire sur les bras? Quoi? pour fêter
cet imbécile de Zvierkov? Parbleu! je n'irai pas.
Non! je ne dois pas y aller. Dès demain j'écrirai à
Simonov.

XIV

Ce qui me rendait encore plus furieux, c'est que
je savais que *malgré tout* j'irais, exprès. Plus il y
avait d'inconséquence de ma part à m'imposer à
ces « anciens amis », plus je m'entêtais à le
faire.

Il y avait pourtant une difficulté : je n'avais
pas d'argent. J'avais en tout neuf roubles, mais je
devais le lendemain en donner sept à Apollon,
mon domestique, qui, sur ces sept roubles, se
nourrissait lui-même.

Ne pas lui donner ses gages, c'était impossible.
Mais je dirai plus loin pourquoi. Je reviendrai en
détail à cette canaille, à cette plaie de ma vie.

Du reste, je savais bien que pourtant je ne les lui donnerais pas afin de pouvoir aller au dîner de Zvierkov.

J'eus, cette nuit-là, de terribles cauchemars.

Le lendemain matin, je sautai de mon lit, tout agité, comme si quelque chose d'extraordinaire allait se passer. J'étais sûr que ce jour-là marquerait dans ma vie un changement radical. (C'était d'ailleurs la pensée que m'inspirait le moindre événement.) Je revins de mon bureau deux heures plus tôt que d'ordinaire, pour m'habiller. Je me promis de ne pas arriver le premier, pour qu'on ne pensât pas que je fusse ravi de l'occasion et que j'eusse hâte d'en profiter. Je cirai mes bottes, car Apollon pour rien au monde n'aurait ciré mes bottes deux fois par jour. Je dus lui voler subrepticement les brosses, ayant horriblement peur qu'il me méprisât un peu plus s'il savait que, pourtant, je cirais moi-même mes bottes. Puis j'examinai mes habits : vieux et usés ! Mon uniforme était passable, mais va-t-on dîner en uniforme ? J'avais juste sur un genou une grande tache jaune. Je pressentis que cela seul m'enlèverait les neuf dixièmes de ma dignité. Eh ! cette vile pensée !

mais c'était ainsi. « Et c'est la réalité pourtant »,
pensais-je, et le courage me manquait. Je me représentais avec fureur comment ces gens-là allaient
me toiser. Mieux certes eût valu rester chez moi.
Mais c'est impossible. Je n'aurais cessé ensuite de
me railler moi-même en me disant : Ah! tu as eu
peur de la *réalité!* — Il fallait leur prouver ma
supériorité, leur imposer l'admiration, leur donner
à choisir entre Zvierkov et moi, et triompher.
Pourtant... pourquoi faire? D'eux tous je n'eusse
pas donné un demi-kopeck. Oh! je priais Dieu que
cette journée n'eût qu'une heure! —Je m'accoudai
à la fenêtre et je me mis à considérer la neige qui
tombait épaisse et fondante...

Enfin ma mauvaise horloge sonna cinq coups.
Je pris mon chapeau, j'évitai Apollon qui attendait
ses gages depuis le matin, mais par sottise ne
voulait pas en parler le premier. Je me glissai
dehors, et une voiture — pour mes derniers
kopecks — m'amena *comme un barine* à l'hôtel de
Paris.

XV

Dès la veille j'avais prévu que j'arriverais le premier. Non-seulement il n'y avait encore personne, mais c'est à peine si je pus me faire conduire dans le cabinet qui nous était réservé. La table n'était pas encore mise. Qu'est-ce que cela signifiait? A la fin, le garçon voulut bien m'apprendre que le dîner était pour six heures et non pour cinq. Il n'était que cinq heures vingt-cinq. — Évidemment on aurait dû me prévenir. La poste est faite pour cela. C'était donc exprès qu'on m'avait infligé la « honte » à mes propres yeux et... aux yeux du garçon, d'arriver ainsi, seul, sans savoir l'heure, comme un intrus. J'ai rarement passé des moments plus insupportables. Quand, à six heures précises, ils arrivèrent tous ensemble, j'eus d'abord quelque plaisir à les voir, ils étaient pour moi des libérateurs, et j'en oubliais presque que je devais me considérer comme offensé.

Zvierkov marchait en avant des autres, comme un chef. Tous étaient joyeux. En m'apercevant, Zvierkov prit de grands airs, s'approcha de moi à pas lents, et me tendit la main affablement, avec l'amabilité d'un général pour un inférieur.

— J'ai appris avec étonnement votre désir de participer à notre fête, commença-t-il en traînant sur les syllabes, habitude que je ne lui connaissais pas. Nous nous sommes rencontrés si rarement! Vous nous fuyiez. Je l'ai souvent regretté. Nous ne sommes pas aussi terribles que vous le pensez. En tout cas, je suis très-content de re-nou-ve-ler...

Et il posa machinalement son chapeau sur la fenêtre.

— Attendez-vous depuis longtemps? me demanda Troudolioubov.

— Je suis arrivé juste à cinq heures, comme il était entendu hier, répondis-je à haute voix, avec une irritation sourde qui promettait une explosion prochaine.

— Tu ne l'as donc pas prévenu que l'heure était changée? dit Troudolioubov à Simonov.

— Non, j'ai oublié, répondit-il, sans même s'excuser.

— Alors vous êtes ici depuis une heure? Pauvre ami! s'écria Zvierkov avec une intention railleuse.

Il semblait trouver cela très-plaisant.

Ferfitchkine éclata de rire avec son fausset de roquet. Lui aussi trouvait ma situation extrêmement drôle.

— Il n'y a pas de quoi rire, criai-je à Ferfitchkine. On ne m'a pas prévenu, c'est... c'est... c'est tout simplement stupide!

— C'est non-seulement stupide, mais quelque chose de plus, murmura Troudolioubov qui prenait naïvement mon parti. Vous êtes bien bon, c'est une grossièreté.

— Si l'on m'avait joué le même tour, remarqua Ferfitchkine, j'aurais...

— Mais vous auriez dû vous faire apporter quelque chose, dit Zvierkov, ou même dîner sans nous attendre.

— Certes, j'aurais pu le faire sans en demander la permission, fis-je d'un ton sec. Si j'ai attendu, c'est que...

— Allons! asseyons-nous, messieurs, dit Simonov qui rentrait. Je réponds du champagne, il est très-correctement frappé... Je ne savais pas votre adresse, ni où vous prendre! me dit-il tout à coup, toujours sans me regarder.

Il avait visiblement une rancune contre moi.

Tous s'assirent. Je fis comme eux. A ma gauche était Troudolioubov, à droite Simonov. Zvierkov était en face de moi; Ferfitchkine entre lui et Troudolioubov.

— Dites-moi (il traînait toujours), vous... vous êtes dans un ministère? dit Zvierkov qui décidément prenait de l'intérêt à mes affaires, ou plutôt tâchait de me *mettre à mon aise.*

« Veut-il que je lui jette une bouteille à la tête? » pensais-je.

— Je suis au bureau de ***, répondis-je sèchement en regardant mon assiette.

— Et... ça vous convient? *Dites*-moi, qu'est-ce qui vous *a forcé* d'abandonner vos anciennes fonctions?

— Qu'est-ce qui m'a *forcé?* répétai-je en traînant trois fois plus que Zvierkov, presque sans le vouloir. Mais tout simplement j'ai quitté mes anciennes fonctions parce qu'il m'a plu de les quitter.

Ferfitchkine ricana furtivement. Simonov me

regarda d'un air ironique. Troudolioubov resta la fourchette en l'air, et me contempla curieusement.

Zvierkov se sentit froissé, mais il ne voulut pas le laisser voir.

— Eh bien, et votre traitement?

— Quel traitement?

— Mais, vos *appointements.*

— Est-ce un interrogatoire que vous me faites subir?

D'ailleurs, je dis aussitôt le chiffre de mon traitement, non sans rougir.

— Pas riche, pas bien riche, observa Zvierkov avec importance.

— Oui, il n'y a pas de quoi dîner tous les jours dans les bons endroits, ajouta Ferfitchkine.

— C'est-à-dire que c'est la pauvreté même, conclut Troudolioubov.

— Comme vous avez maigri! Vous avez beaucoup changé depuis que... continua Zvierkov non sans méchanceté en m'examinant, moi et mon costume.

— Allons! s'écria Ferfitchkine en souriant, c'est assez, nous gênons ce bon ami.

— Monsieur, sachez qu'il n'est pas en votre pouvoir de me gêner, entendez-vous? Je dîne ici au restaurant pour mon argent, et non pas pour celui des autres, remarquez-le, monsieur Ferfitchkine.

— Com-ment? et qui donc mange ici pour l'argent des autres? Vous semblez... dit Ferfitchkine, rouge comme une écrevisse cuite et me regardant avec fureur dans le blanc des yeux.

— Com-ment? — Com-me ça.

(Je sentais bien que j'allais trop loin, mais je ne pouvais me retenir.)

— Mais nous ferions mieux, continuai-je, de parler de choses plus intéressantes.

— Ah! vous cherchez l'occasion de nous montrer vos hautes facultés!

— N'ayez pas peur, ce serait tout à fait inutile ici.

— Que dites-vous? Hé! ne seriez-vous pas devenu fou dans votre bureau?

— Assez, messieurs, assez! cria impérativement Zvierkov.

— Que c'est bête! murmura Simonov.

— En effet, c'est stupide. Nous nous réunissons amicalement pour passer ensemble quelques instants avant le départ de notre ami, et vous querellez! dit Troudolioubov en s'adressant grossièrement à moi seul. Vous avez voulu prendre part à notre réunion, au moins ne la troublez pas...

— Assez! assez! criait Zvierkov, cessez donc, messieurs. Laissez-moi vous conter comment, il y a trois jours, j'ai failli me marier...

Et il commença une histoire scabreuse et mensongère : d'ailleurs, du mariage, nulle question. Il ne s'agissait que de généraux assaisonnés de femmes, et le beau rôle était toujours à Zvierkov.

Tout le monde rit en chœur. On ne s'occupait plus de moi. Je buvais sans y songer de grands verres de xérès. Je fus bientôt gris; mon irritation augmenta d'autant. Je regardais insolemment la compagnie; mais on m'avait tout à fait oublié. Zvierkov parlait d'une certaine dame qui lui avait confessé son amour, — le hâbleur! et d'un certain Kolia, un prince de trois mille âmes, son meilleur ami, qui l'aidait dans cette affaire.

— Comment donc ce Kolia de trois mille âmes

n'est-il pas avec nous pour fêter vos adieux? dis-je
tout à coup.

On fit silence.

— Vous êtes ivre, dit Troudolioubov.

Zvierkov me regardait sans rien dire. Je baissai
les yeux. Simonov se hâta de verser le champagne.

Troudolioubov leva son verre; tous firent comme
lui, excepté moi.

— A ta santé et bon voyage ! cria-t-il à Zvierkov.
Le bon vieux temps passé, messieurs, à notre avenir,
hourra !

Tous burent, puis ils embrassèrent Zvierkov. Je
ne bougeai pas, mon verre restait plein.

— Et vous? vous ne buvez pas? hurla Troudolioubov menaçant en s'adressant à moi.

— Je vais faire un discours d'abord, et ensuite
je boirai, monsieur Troudolioubov.

— Quel méchant homme ! murmura Simonov.

Je me levai, pris mon verre fiévreusement, sans
savoir encore ce que j'allais dire.

— Silence ! cria Ferfitchkine. Nous allons avoir
un dessert de choses géniales.

Zvierkov attendait, très-grave; il semblait comprendre ce qui allait se passer.

— Monsieur le lieutenant Zvierkov, commençai-je. Sachez que je hais les phrases, les phraseurs et les tailles fines. Voilà mon premier point. Voici le second.

Un mouvement se fit.

— Second point. Je hais les polissons et les polissonneries, surtout les polissons. Troisième point. J'aime la vérité, la franchise et l'honnêteté, continuai-je presque machinalement, ne comprenant plus ce que je disais... J'aime la pensée, monsieur Zvierkov, j'aime la véritable camaraderie, l'égalité et non... hum! J'aime... *et pourtant,* je boirai à votre santé, monsieur Zvierkov. Faites la conquête des Tcherkess, tuez les ennemis de la patrie, et... et... à votre santé, monsieur Zvierkov.

Zvierkov se leva, me salua et me dit :

— Merci.

Il était très-irrité, extrêmement pâle.

— Que diable! hurla Troudolioubov en frappant du poing sur la table.

—Non, c'est par un soufflet qu'il fallait répondre, piaula Ferfitchkine.

—Il faut le mettre à la porte, murmura Simonov.

— Pas un mot, messieurs, pas un geste! cria

solennellement Zvierkov apaisant l'indignation générale. Je vous remercie tous, mais je saurai lui prouver moi-même quel cas je fais de ses paroles.

— Monsieur Ferfitchkine, dès demain vous me rendrez raison de vos paroles, dis-je très-haut.

— Un duel? Je l'accepte, répondit l'autre.

J'étais probablement si ridicule, et cette idée de duel allait si mal à mon extérieur, que tous, et après eux Ferfitchkine, éclatèrent de rire.

— Eh! laissons-le tranquille! Il est tout à fait ivre! fit Troudolioubov avec dégoût.

— Je ne me pardonnerai jamais de l'avoir inscrit, murmura encore Simonov.

« Voilà le moment de leur jeter les bouteilles à la figure », pensai-je. Je pris une bouteille, et... je me versai un plein verre.

« Je vais rester et boire... et chanter, si ça me plaît, oui, chanter. J'en ai le droit!... Hum... »

Mais je ne chantai pas. Je ne regardais personne et je prenais les poses les plus indépendantes, attendant avec impatience que quelqu'un me parlât *le premier*. Mais, hélas! personne ne me parlait.

L'horloge sonna huit heures, enfin neuf heures. On sortit de table; tous les quatre s'assirent sur le divan. Zvierkov commanda les bouteilles de champagne prévues, mais il ne m'invita pas.

Je souriais avec mépris et je marchai de long en large de l'autre côté de la chambre, tâchant d'attirer l'attention, mais vainement, et cela dura jusqu'à onze heures : jusqu'à onze heures je me promenai de la table au poêle et du poêle à la table!...

« Je marche, et personne n'a le droit de m'en empêcher. »

Pendant ces deux heures la tête me tourna plus d'une fois; il me semblait que j'avais le délire. Et cette pensée me torturait que je ne cesserais plus désormais, dussé-je vivre encore dix, vingt, quarante ans, de revivre cette heure affreuse, ridicule et dégoûtante, la plus dégoûtante et la plus affreuse de toute ma vie.

Onze heures.

— Messieurs, cria Zvierkov en se levant, allons, *là-bas!* (Et il expliqua sa pensée par un geste obscène...)

— Oui, oui, dirent tous les autres.

Je me tournai vers Zvierkov. J'étais si fatigué, si brisé, que je me décidai à m'enfuir. J'avais la fièvre, mes cheveux se collaient sur mes tempes.

— Zvierkov, je vous demande pardon! dis-je, d'un air décidé. Ferfitchkine, à vous aussi, et à tous, car tous je vous ai offensés.

— Ah! ah! un duel, ce n'est pas chose agréable, siffla Ferfitchkine.

Je me sentis comme un coup de poignard au cœur.

— Non, Ferfitchkine, ce n'est pas le duel que je crains. Je suis prêt à me battre avec vous demain après nous être réconciliés. Je l'exige même, et vous ne pouvez vous y refuser. Vous tirerez le premier, et je tirerai en l'air.

— Il s'amuse, remarqua Simonov.

— Non, il a fait une *gaffe*, dit Troudolioubov.

— Mais laissez-nous passer! que faites-vous là? dit Zvierkov avec mépris.

Ils étaient tous rouges, leurs yeux étincelaient. Ils avaient bu sec!

— Je vous demande votre amitié, Zvierkov, je vous ai offensé, mais.....

— Offensé? vous, moi? Sachez, monsieur, que

jamais et en aucun cas vous ne pourrez m'offenser.

— En voilà assez! dit Troudolioubov, allons!

— Olympia est à moi, messieurs, je vous en
préviens! cria Zvierkov.

— Nous te la laissons, lui répondit-on en riant.

Je restai, dévoré de honte. La bande sortit
bruyamment. Troudolioubov se mit à chanter
quelque sottise. Simonov resta un moment pour
donner le pourboire au garçon.

— Simonov, donnez-moi six roubles, dis-je
avec décision et désespoir.

Il me regarda avec un profond étonnement,
avec des yeux d'idiot. Il était ivre aussi.

— Allez-vous donc *là* avec nous?

— Oui.

— Je n'ai pas d'argent, dit-il brusquement.

Il sourit avec mépris et se dirigea vers la porte.

Je saisis son manteau. Il me semblait que j'étais
en proie à un cauchemar.

—Simonov, j'ai vu de l'argent chez vous. Pourquoi me refusez-vous? Suis-je donc un malhon-
nête homme? Ne me refusez pas, prenez garde!
Si vous saviez, si vous saviez pourquoi je vous

demande cet argent! tout mon avenir en dépend, toute ma vie...

Simonov tira sa bourse de sa poche *et me jeta presque* les six roubles.

— Prenez, si vous en avez le cœur! me dit-il, et il sortit.

J'étais seul, — seul avec le désordre de la table, miettes, verres cassés, vin répandu, seul avec mon ivresse et mon désespoir, seul avec le garçon qui avait tout vu, tout entendu, et qui me considérait avec curiosité.

« Allons-y donc aussi! » m'écriai-je. « Ah! qu'ils s'agenouillent tous devant moi, en embrassant mes pieds, en me demandant de leur donner mon amitié, ou bien... Et je souffletterai Zvierkov. »

XVI

« Le voilà enfin, le voilà, ce choc avec la réalité! » murmurai-je en descendant.

« Tu es un vaurien », me dis-je tout à coup.
« Eh! soit! Tout est perdu pour moi, qu'importe
donc? »

Ils étaient déjà partis, mais je connaissais le
chemin.

Près de la porte il y avait un vagnka [1] solitaire,
enveloppé d'un cafetan tout couvert par la neige
fondante.

Il bruinait, il faisait lourd.

Le petit cheval était aussi tout blanc de neige
et toussait. Je me le rappelle très-bien. Je me
jetai dans le traîneau.

« Il faut beaucoup pour racheter tout cela;
pourtant je le rachèterai ou je me ferai tuer sur
place. En route! »

Les pensées tourbillonnaient dans ma tête.

« S'agenouiller à mes pieds, non, je n'obtien-
drai pas cela d'eux. C'est un mirage banal, dégoûtant, romantique et fantastique. *Il faut donc* que
je donne à Zvierkov un soufflet. C'est décidé, j'y
vole! Fouette, cocher! »

Vagnka tira les guides.

---

[1] Diminutif d'Ivan, nom donné à tous les cochers à Saint-
Pétersbourg.

« A peine entré, je donne le soufflet... Faut-il
dire d'abord quelques mots, en guise de préface?
Non. J'entre tout simplement et je donne le soufflet. Ils seront tous dans le salon, et lui sur le divan
avec Olympia. Cette maudite Olympia! Elle s'est
une fois moquée de mon visage et m'a refusé... Je
tirerai à Olympia les cheveux et à Zvierkov les
oreilles... Ou plutôt, je le prendrai par une seule
oreille et je le promènerai dans tout le salon.
Peut-être se jetteront-ils tous sur moi, ils me
battront! ils me mettront à la porte, c'est sûr, et
puis? J'aurai tout de même donné le soufflet,
j'aurai pris l'initiative, et il sera obligé de se
battre! et ces têtes de mouton seront pour la
première fois en face d'une âme vraiment tra-
gique, la mienne!... Fouette, cocher, fouette!
criai-je au vagnka qui tressaillit et donna un
coup de fouet. — Et où prendre le pistolet?
Baste! je me ferai faire une avance sur mon traitement et j'achèterai le pistolet. La poudre et les
balles, c'est l'affaire des témoins... Les témoins?
Où prendrai-je un témoin? Je n'ai pas un seul
ami. Folies! le premier passant sera mon témoin... »

A ce moment, il me parut que mes réflexions étaient celles d'un fou, mais...

— Fouette, cocher, fouette! Fouette donc, animal!

— Eh! barine! répondit *la force de la terre* [1]. Le froid me saisit.

« Ne vaudrait-il pas mieux... ne vaudrait-il pas mieux... rentrer chez moi? O mon Dieu! pourquoi donc ai-je tenu à prendre part à ce maudit dîner? et ma promenade pendant deux heures de la table au poêle! Non, il faut qu'ils me payent cette promenade, il faut qu'ils lavent cette honte!... Fouette!... Et si Zvierkov refuse de se battre, je le tuerai! et je dirai : « Voyez tous à quoi le désespoir peut réduire un homme! » — Après cela tout sera fini, mon bureau n'existera plus pour moi, on me saisira, on me jugera, on me mettra en prison, on m'enverra en Sibérie, et que m'importe? Quinze ans après, quand je serai sorti de prison, j'irai, dans mes loques, demander l'aumône à Zvierkov... Dans quelque ville de province, un homme heureux, riche, marié, père d'une belle jeune fille : ce sera lui. J'irai à lui et

[1] Locution usitée pour dire un homme du peuple russe.

je lui dirai : « Regarde-moi, monstre! Vois mes
joues creuses et mes haillons. J'ai tout perdu, position, bonheur, art, science, *la femme aimée!*...
(Qu'est-ce que je dis là?...) Et tout cela à cause
de toi! Vois : j'ai deux pistolets dans les mains,
je suis venu pour te tuer, et... eh bien! je te pardonne! » — Alors je tirerai en l'air, et l'on n'entendra plus parler de moi... »

Je pleurais. Pourtant, je savais très-bien, en ce
moment même, que c'était là une scène de Silvio
ou de *Bal masqué* de Fermastor. Et soudain je me
sentis si honteux... si honteux que j'arrêtai le
cheval, descendis du traîneau, et restai dans la
rue, au milieu de la neige.

Vagnka me regardait avec étonnement et sou-
pirait en me regardant.

« Que faire? y aller? quelle sottise! En rester
là? c'est impossible! Après tant d'offenses! Non!
— Et je remontai dans le traîneau. — C'est fatal.
Fouette! fouette! » Et, d'impatience, je donnai
un coup de poing sur la nuque du cocher.

— Et pourquoi me battre? cria le petit moujik
tout en fouettant sa rosse si fort qu'elle rua.

La neige fondante tombait à flocons. Je me

découvris, sans réflexion, oubliant tout le reste, définitivement décidé à donner le soufflet. Et je sentais avec terreur que cela devait arriver *absolument et tout de suite, qu'aucune force ne pourrait plus me retenir.*

Des réverbères isolés couraient derrière moi — le traîneau allait vite ! — dans le brouillard de la neige, mornes comme des torches d'enterrement. La neige glissait sous mon manteau, sous ma redingote, sous ma cravate, et y achevait de fondre. Je n'y prenais pas garde. Tout m'était indifférent.

Enfin nous arrivâmes. Je sortis du traîneau comme un fou et montai en courant. Je frappai à la porte des pieds et des poings. On ouvrit *trop vite,* comme si l'on m'eût attendu. En effet, Simonov avait prévenu qu'il en viendrait encore un : car, dans ces sortes de maisons secrètes, il est bon de prévenir...

C'était un de ces magasins de mode, si fréquents alors, et qui ont été depuis fermés par la police. Tout le jour c'était en effet un magasin de mode; mais le soir ceux qui avaient « une recommandation ».pouvaient y venir passer un moment.

Je traversai rapidement la boutique (qu'on

n'éclairait pas) et parvins au salon qui m'était déjà familier.

Une seule bougie.

— Où sont-ils? demandai-je.

Mais ils étaient déjà partis.

Je ne vis d'abord que la patronne elle-même, qui me connaissait un peu, une femme au sourire idiot. Puis une porte s'ouvrit, et une autre personne entra. Sans faire attention à personne, je marchai à travers la chambre en parlant tout seul. Je me sentais comme sauvé de la mort. Certes, j'aurais certainement, absolument donné le soufflet. Mais ils ne sont plus là, et... tout se transformait pour moi. Je jetai des regards vagues autour de moi, je ne pouvais encore assembler mes pensées. Machinalement je regardai la personne qui venait d'entrer : un visage frais, jeune, un peu pâle, avec des sourcils droits et noirs, une physionomie sérieuse et étonnée. Cela me plut aussitôt. Je l'aurais détestée si elle avait souri. Je la regardai avec plus d'attention, avec une sorte de contention. Il y avait de la bonté, de la naïveté dans ce visage sérieux jusqu'à en être étrange. Assurément elle ne devait pas attirer les imbéciles, et par conséquent, dans ce lieu, personne ne devait la remarquer. Du reste, elle ne pouvait passer pour belle, quoique grande, forte et bien faite.

Un mauvais sentiment s'empara de moi. J'allai droit à elle.

Je jetai par hasard un coup d'œil dans la glace ; mon visage bouleversé me parut extrêmement repoussant : méchant et vil, le teint blême, les cheveux en désordre. « Tant pis ! — pensai-je. — Je serais content de lui paraître dégoûtant, oui, précisément, ça me va. »

.....Quelque part derrière la cloison, une pendule, comme écrasée, comme étranglée, râla longtemps, avant de sonner, puis fit entendre un son imprévu, aigu, perçant, désagréable : deux heures. Je repris aussitôt pleine possession de moi-même. Non que j'eusse dormi, mais je m'étais assoupi légèrement.

Il faisait très-sombre dans cette chambre étroite, basse,. encombrée d'une armoire énorme, de cartons, de chiffons, de hardes. Le bout de chan-

delle qui brûlait sur la table, dans un coin, s'éteignait en jetant des étincelles. Bientôt l'obscurité
allait être complète.

J'avais dans la tête une sorte de brouillard. Je
voyais des choses vagues flotter au-dessus de moi,
près de moi, me frôler. J'étais inquiet, d'une
humeur noire. La bile me tourmentait. — Tout à
coup, j'aperçus à mes côtés deux yeux grands
ouverts qui me regardaient fixement et curieusement. Le regard était froid, indifférent, morne,
comme étranger à cette femme elle-même.

Je me sentis mal à l'aise.

Une pensée aigre me traversa l'esprit, et me
communiqua par tout le corps une sensation désagréable, comparable à celle qu'on éprouve en
entrant dans l'atmosphère fade d'une cave humide.
Il me parut anormal que ce fût précisément en ce
moment que ces deux yeux se missent à me
regarder. Je me rappelai que depuis deux heures
que j'étais avec elle, je n'avais pas adressé un
mot à la créature. Eh bien? je n'avais pas cru
nécessaire de lui parler : il m'avait plu ainsi. Mais
maintenant la débauche, qui commence brutalement et effrontément par où le véritable amour se

couronne, me semblait absurde et dégoûtante.

Et nous nous regardâmes longtemps ainsi. Elle ne baissa pas les yeux, son regard ne changeait pas. Mon malaise redoubla.

— Comment t'appelles-tu? — demandai-je brusquement pour faire cesser cette situation.

— Lisa, répondit-elle à voix presque basse, sans empressement, et en détournant son regard.

Je gardai quelque temps le silence.

— Le temps, aujourd'hui... la neige... Il fait mauvais...

Je parlais presque pour moi-même. Je mis mes mains derrière ma tête, paresseusement, et je regardai le plafond.

Elle ne dit rien. Tout cela était dégoûtant.

— Tu es d'ici? — demandai-je, l'instant d'a-près, presque avec colère en me retournant vers elle.

— Non.

— D'où?

— De Riga, — répondit-elle tout à fait de mauvaise grâce.

— Allemande?

— Russe.

— Il y a longtemps que tu es ici?

— Où?

— Dans cette maison ?

— Quinze jours.

Ses réponses étaient de plus en plus brèves.

La chandelle s'éteignit. Je ne pouvais plus voir le visage de Lisa.

— Tu as ton père et ta mère?

— Oui... non... oui, je les ai.

— Où sont-ils?

— Là-bas... A Riga.

— Que font-ils?

— Quelque chose.

— Comment, quelque chose ! Quoi? quelle situation ont-ils?...

— Mechtchanines.

— Tu as toujours vécu avec eux?

— Oui.

— Quel âge as-tu?

— Vingt.

— Pourquoi les as-tu quittés?

— Parce que.

Ce « parce que » signifiait : Laisse-moi tranquille, j'en ai assez.

Nous nous tûmes.

Dieu sait pourquoi je ne m'en allais pas. Je me sentais moi-même de plus en plus dégoûtant et navré. Les images de tous les menus événements de cette journée défilaient en désordre et malgré moi dans ma mémoire. Je me rappelai tout à coup un incident dont j'avais été témoin, dans la rue, le matin, tandis que je me hâtais d'aller à mon bureau.

— Aujourd'hui, j'ai vu des hommes qui portaient un cercueil, et qui ont failli le laisser tomber par terre, — dis-je à haute voix, comme par hasard.

— Un cercueil?

— Oui, sur la Sennaïa. On le faisait sortir d'une cave.

— D'une cave?

— Pas d'une cave, si tu veux, mais d'un sous-sol... Eh! tu sais bien... là en bas... de la mauvaise maison. Il y avait de la boue tout autour, des ordures... ça puait... C'était horrible.

Un silence.

— Un mauvais temps pour un enterrement, — repris-je pour faire cesser un silence pénible.

— Pourquoi mauvais?

— La neige... l'humidité... (Je bâille.)

— Qu'est-ce que ça fait? dit-elle après un court silence.

— Eh bien! c'est un mauvais temps... (Je bâille encore.) Les fossoyeurs sacraient, la neige les mouillait, et il y avait certainement de l'eau dans la fosse.

— Pourquoi de l'eau dans la fosse? — demanda-t-elle avec une certaine curiosité, mais d'une voix plus brusque et brutale qu'auparavant.

Je ne sais quelle irritation me prit.

— Il y a nécessairement de l'eau au fond de six verschoks[1]. Dans le cimetière de Volkovo, il n'y a pas une fosse qu'on puisse creuser à sec.

— Pourquoi?

— Comment, pourquoi? C'est un endroit humide, un vrai marais. Et l'on y met les morts dans l'eau. Je l'ai vu moi-même... plusieurs fois...

(Je ne l'avais pas vu une seule fois, je ne suis jamais allé à Volkovo; j'en parlais par ouï-dire.)

— Est-ce que ça ne te fait rien de mourir?

_____

[1] Seize verschoks font un arschine. L'arschine est d'un mètre quatre dixièmes.

— Mais pourquoi mourrais-je? — répondit-elle
comme si elle se défendait.

— Mais tu mourras certainement un jour, et tu
mourras précisément comme celle dont je te parlais. C'était aussi une fille, elle est morte de
phthisie...

— Une fille meurt à l'hôpital...

(Elle le sait donc déjà, pensai-je, et elle a dit :
une fille, et non pas : une jeune fille.)

— Elle devait de l'argent à sa patronne, repris-
je, de plus en plus surexcité par la discussion.
Elle l'a servie jusqu'à la fin, quoique phthisique.
C'est ce que les cochers d'alentour, probablement
ses anciens amis, racontaient à des soldats. Et ils
riaient! Ils s'apprêtaient à aller au cabaret pour
solenniser l'enterrement.

(Ici encore, j'inventais un peu.)

Un silence. Un profond silence. Elle ne remuait
même pas.

— Est-ce donc mieux de mourir à l'hôpital?

— C'est la même chose. Mais pourquoi mourrai-
je? — ajouta-t-elle, irritée.

— Pas maintenant, plus tard.

— Eh bien, plus tard...

— Attends, attends. Te voilà maintenant jeune, belle, fraîche. On te cote en conséquence : mais encore un an de cette vie, et tu seras fanée.

— Dans un an?

— En tout cas, dans un an, ton prix aura baissé, — continuai-je avec perversité. — Tu sortiras d'ici, tu tomberas plus bas, dans une autre maison. Un an après, dans une troisième, toujours plus bas, plus bas, et dans sept ans, tu rouleras dans la cave de la Sennaïa. Et cela, c'est encore ce que tu peux rêver de mieux. Mais il peut très-bien arriver que tu attrapes quelque maladie, une pneumonie, un chaud et froid ou quelque autre chose. Avec la vie que tu mènes on se guérit difficilement. La maladie se cramponne, on ne s'en défait pas, et voilà! on meurt.

— Eh bien! je mourrai! — dit-elle tout à fait exaspérée, et en faisant un mouvement de violente impatience.

— Mais ne regrettes-tu pas cela?

— Quoi?

— Eh! la vie!

Un silence.

— Est-ce que tu avais un fiancé? hé!

— Qu'est-ce que ça vous fait?

— Oh! je ne te force pas à répondre. Oui, qu'est-ce que ça me fait? Il n'y a pas de quoi te fâcher. Tu as sans doute des ennuis, mais ça ne me regarde pas, seulement je plains...

— Qui?

— Toi, je te plains.

— N'en faut pas!... — dit-elle d'une voix à peine distincte, et elle fit un nouveau mouvement d'impatience.

Cela m'excita davantage encore. Comment! je lui parlais avec douceur, et elle!

— Mais à quoi penses-tu? Te trouves-tu donc heureuse? hé!

— Je ne pense à rien.

— C'est justement le mal. Reviens à toi pendant qu'il en est temps. Car il en est temps encore. Tu es jeune, assez belle, tu pourrais aimer, te marier et...

— Tous les gens mariés ne sont pas heureux, — interrompit-elle vivement.

— Pas tous, certes, mais cela vaut toujours mieux que ta vie, beaucoup mieux même. Et crois-tu que l'amour ne supplée pas à tous les

autres bonheurs? Pourvu qu'on aime, on est heureux, n'importe où, n'importe comment, même
dans la tristesse. Tandis qu'ici, qu'as-tu, sauf
peut-être... le vice... Fi!

Je me détournai avec dégoût. Je ne pouvais
plus raisonner froidement, je m'étais pris moi-
même au piége de ma morale, et déjà le besoin
me dominait de communiquer certaines idées
favorites, mûries dans la solitude.

— Ne me dis pas : Vous y êtes bien, ici! Il n'y
a rien de commun entre toi et moi, quoique je
sois peut-être pire que toi. D'ailleurs j'étais saoûl,
quand je suis entré (me hâtai-je de dire pour
m'excuser). De plus, un homme et une femme ne
peuvent être jugés de même. C'est une autre
affaire. Que je me salisse et m'avilisse, je ne suis
du moins l'esclave de personne. Je viens, je pars,
et c'est comme si je n'étais pas venu. Je tourne la
tête, et me voilà changé. Tandis que toi, d'abord,
tu es une eslave. Oui, une esclave. Tu donnes
tout, et avant tout ta liberté. Qu'un jour tu
veuilles rompre tes chaînes, elles se resserreront
de plus en plus. Ce sont des chaînes maudites,
va! Il y a des choses que je ne peux te dire, tu ne

me comprendrais probablement pas, mais voyons :
tu dois sans doute déjà à ta patronne ? Eh bien ! tu
vois ! — ajoutai-je quoiqu'elle ne m'eût pas
répondu, mais elle m'écoutait silencieusement, et
de toutes ses forces. — Voilà ta chaîne ! et tu ne
la briseras jamais. C'est comme si tu avais vendu
ton âme au diable... Et moi, d'ailleurs, peut-être
ne suis-je que malheureux... Peux-tu me comprendre ? Peut-être est-ce par chagrin que je me
roule ainsi dans la boue. Il y en a qui boivent par
chagrin : eh bien, moi, je viens ici par chagrin.
Pourtant, qu'y a-t-il de bon ici ? Nous voilà tous
deux... ensemble... Nous venons de nous ren-
contrer, et nous ne nous sommes pas dit un mot,
et tout à l'heure ? nous nous regardions comme
deux sauvages. Est-ce ainsi qu'on aime ? Est-ce
ainsi que deux êtres humains devraient s'unir ?
C'est tout simplement ignoble, voilà.

— Oui !

Elle dit ce mot avec une étrange vivacité. Ce
oui, cette hâte... Je demeurai étonné. Cela signifie, pensai-je, que la même idée traversait son
esprit, tout à l'heure, quand elle m'examinait.
Cela signifie qu'elle est aussi capable de penser !...

Diable! diable! Voilà qui est curieux. *Nous avons cela de commun...* J'avais envie de me frotter les mains joyeusement, et comment, d'ailleurs, avec une âme si jeune ne pas arriver à une certaine entente?

Mais par-dessus tout j'étais pris par le jeu que je jouais avec elle.

Elle tourna sa tête vers moi, se rapprocha, et, autant que j'en pus juger dans l'obscurité, s'accouda et appuya sa tête sur sa main. Peut-être cherchait-elle à m'observer. Que je regrettais de ne pouvoir lire dans ses yeux! Je sentais sa respiration profonde...

— Pourquoi es-tu venue ici? repris-je, continuant mon enquête.

— Parce que.

— Comme tu serais mieux dans la maison paternelle! Tu serais au chaud, libre, tu aurais ton nid.

— Et si c'est pis encore?

(Il faut chercher le ton, pensai-je. La sentimentalité ne prend pas. Du reste, cette pensée ne fit que traverser mon esprit. Parole! cette fille m'intéressait vraiment. Et puis j'étais las, et il est si facile d'accorder la méchanceté et la sentimentalité!)

— Certes, me hâtai-je de reprendre, tout est possible, mais je suis sûr qu'on a été cruel pour toi et qu'*ils* sont plus coupables envers toi que tu n'es toi-même coupable envers *eux*. Je ne sais rien de ton histoire, mais il est bien évident qu'une jeune fille comme toi n'entre pas ici par sa propre volonté...

— Quelle jeune fille suis-je donc?

(Elle dit cela très-bas, mais je l'entendis. — Diable! je la flatte! C'est dégoûtant..., et peut-être adroit.)

Elle se tut.

— Écoute, Lisa, je vais te parler de moi. Si j'avais eu une famille, quand j'étais enfant, je ne serais pas ce que je suis aujourd'hui. J'y pense souvent. Si mal qu'on soit dans sa famille, c'est toujours un père, c'est toujours une mère, ce ne sont pas des ennemis, des étrangers. Et les parents vous prouvent leur amour au moins une fois par an. Et puis, vous savez malgré tout que vous êtes chez vous. Mais moi, j'ai grandi sans famille. C'est pour cela peut-être que je suis devenu un aussi... insensible personnage.

J'attendis de nouveau.

Peut-être ne comprend-elle pas, pensai-je. C'est ridicule : je moralise !

— Si j'étais père et que j'eusse une fille, je crois que j'aimerais mieux ma fille que mon fils, parole ! repris-je, changeant de conversation pour la distraire.

(J'avoue que je me sentis rougir.)

— Et pourquoi ?

(Ah ! elle écoute !)

— Parce que... Mon Dieu ! je ne sais pas, Lisa. Je connais un père, un homme sévère et grave : il s'agenouille devant sa fille, lui baise les mains, les pieds, et n'a jamais fini de la contempler. Toute la soirée, quand elle danse, il reste assis, la suivant des yeux. Il en devient fou. Mais je le comprends. La nuit, elle est fatiguée, elle s'endort ; mais lui, il se relève et va l'embrasser dans son sommeil et faire sur elle le signe de la croix. Il porte une petite veste râpée, et c'est un avare : mais pour elle il n'y a pas de cadeaux trop chers, il dépense pour elle son argent jusqu'aux derniers sous, et qu'il est heureux quand pour un cadeau il obtient un sourire ! Un père aime toujours plus qu'une mère sa fille... Oui, il y a des jeunes filles heureuses d'être chez leurs parents... Moi, il me semble que je n'aurais jamais marié ma fille.

— Et pourquoi donc? — demanda-t-elle en riant faiblement.

— Par Dieu! je serais jaloux! Comment? Elle va embrasser un autre homme? Aimer plus un étranger qu'un père! C'est douloureux à imaginer seulement... Certes, ce sont des bêti s, et tout le monde finit par revenir au bon sens. Mais rien que le souci de la donner m'aurait fatigué à la mort, il me semble. J'aurais réformé tous les fiancés... pour arriver quand même à la donner à l'homme qu'elle aurait aimé. Mais justement celui qu'elle aime semble le pire de tous au père. C'est toujours ainsi, et c'est la cause de fréquents malheurs dans les familles.

— Il y en a qui sont heureux de vendre leur fille au lieu de la donner honnêtement, — dit-elle tout à coup.

(Ah! ah! C'est donc cela!)

— Lisa, cela n'arrive que dans les familles maudites, sans religion et sans amour, — repris-je avec chaleur. Et où il n'y a pas d'amour il n'y a pas de sagesse. Je sais qu'il existe de pareilles familles, mais je ne parlais pas d'elles. Pour parler ainsi il faut que tu n'aies pas eu une bonne famille, Lisa. Tu as dû souffrir. Hum!... C'est le plus souvent par pauvreté que cela arrive.

— Est-ce donc mieux chez les bourgeois? Il y a des gens pauvres qui vivent honnêtement.

—Hum!... oui, peut-être... Mais, Lisa, l'homme aime à ressasser ses malheurs, et pour ses bonheurs, il les oublie. S'il était juste, pourtant, il conviendrait qu'il y a des uns et des autres pour tout le monde. Que tout aille bien dans la famille, Dieu distribue à tous ses bénédictions. Le mari est un bon garçon, aimant, fidèle, et tout le monde est heureux autour de lui. Même dans le chagrin on est heureux. Et puis, où n'y a-t-il pas de chagrin? Tu te marieras peut-être, *tu le sauras toi-même.* Par exemple, les premières semaines du mariage d'une jeune fille avec l'homme qu'elle aime, quel bonheur! que de bonheurs! Partout! Toujours! Même les disputes finissent bien durant ces semaines bénies. — Il y a des femmes... plus elles aiment, plus elles querellent, parole! J'en connaissais une de ce genre : « Je t'aime! c'est par

amour que je te tourmente; devine-le donc! »
Sais-tu qu'on peut tourmenter un homme par
amour? Les femmes sont ainsi! Et elles pensent en
elles-mêmes : « Mais en revanche combien l'ai-
merai-je après! Je le caresserai tant que je peux
bien le piquer un peu maintenant... » Et dans la
maison tout se ressent de votre bonheur, tout est
gai, bon, paisible, honnête... D'autres femmes
sont jalouses. J'en connaissais une ainsi. Si son
mari sortait, elle ne pouvait se tenir tranquille,
au milieu de la nuit il fallait qu'elle sortît, qu'elle
allât voir : n'est-il pas là? ou dans cette maison-
ci? ou avec cette femme-là?... Cela, c'est mal,
elle le sait mieux que personne, et elle en souffre
plus que personne, et cette souffrance est sa première punition : mais elle aime! Toujours l'a-
mour!... Et comme il est doux de se réconcilier
après la dispute! Elle reconnaît elle-même, devant lui, ses torts, et ils se pardonnent l'un l'autre,
avec une joie égale. Et ils sont si heureux tous
deux! C'est comme un renouveau de la première
rencontre, comme un second mariage, une renaissance de l'amour. Et personne, personne ne
doit savoir ce qui se passe entre mari et femme,

s'ils s'aiment vraiment. Ils peuvent se quereller :
la propre mère de la femme ne doit pas être appelée comme arbitre, elle ne doit même pas se douter de la querelle. Le mari et la femme sont leurs
propres juges. L'amour est le secret des deux. Il
doit demeurer caché à tous, quoi qu'il arrive. C'est
mieux, *c'est plus religieux,* on s'en estime davantage. Or, beaucoup de choses naissent de l'estime.
Et si l'amour est venu une bonne fois, si c'est
bien par amour qu'on s'est marié, pourquoi passerait-il ? Ne peut-on le stimuler ? Pourquoi pas ?
Il est bien rare qu'on n'y parvienne. Et pourquoi
l'amour passerait-il, si le mari est bon et honnête ?
La première rage d'amour des premières semaines
ne peut durer sans doute, mais un autre amour lui
succède, meilleur encore. Alors ce sont les âmes
qui s'aiment, toutes les affaires sont communes.
Pas un secret entre le mari et la femme, et si les
enfants viennent, même les plus difficiles moments
ont une douceur. Il suffit de s'aimer d'un cœur
fort. Alors le travail est gai. On épargne sur son
propre pain pour les enfants. Et l'on est heureux,
on se dit que les enfants vous rendront en amour
toute votre peine, et que c'est encore pour soi qu'on

travaille. Les enfants grandissent, et vous sentez
que vous leur servez d'exemple, que vous êtes
le soutien, et que, quand vous serez mort, ils gar-
deront, toute leur vie, dans leur cœur, vos sentiments et vos pensées tels qu'ils les ont reçus de
vous, qu'ils conserveront fidèlement votre image...
Mais quel lourd devoir cela vous impose! Comment
alors pour le mieux porter ne pas s'unir plus étroitement? On dit qu'il est pénible d'avoir des enfants.
Eh! qui dit cela? C'est un bonheur divin. Aimes-
tu les petits enfants, Lisa? Moi, je les adore! Tu
sais, un petit enfant qui serait pendu à ton sein...
Quel est le mari qui pourrait avoir une pensée
d'amertume contre sa femme en la voyant assise
avec son enfant dans les bras? Un tout petit, rose,
potelé, qui s'étale, se frotte, les petits pieds et les
petites mains tout gonflés de lait, les ongles pro-
prets, et petits, si petits que c'est risible à voir!...
Et ses petits yeux si intelligents! Dirait-on pas
qu'il comprend déjà tout? Regarde-le teter : il
agite le sein, il joue avec... Mais le père s'approche,
le baby lâche le sein, se renverse tout entier en
arrière, regarde son père, et se met à rire, — il y
a bien de quoi, Dieu le sait! — Puis il reprend le

sein et le mord quelquefois quand les dents lui viennent : et il regarde de travers sa mère tout en mordant : « Tu vois ! je t'ai mordue... » N'est-ce pas le bonheur absolu quand tous les trois sont ensemble, le mari, la femme et l'enfant ? Que ne donnerait-on pour de tels instants ! Non, Lisa, vois-tu, il faut d'abord apprendre à vivre, et il est toujours temps d'accuser le sort !

(C'est par ces petits tableaux qu'il faut te prendre, — pensai-je. Et pourtant, ma parole, j'avais parlé avec sincérité.) Mais tout à coup je rougis : « Et si elle éclatait de rire, où me mettrais-je ? » Cette idée m'enragea. Vers la fin du discours, je m'étais en effet échauffé, et maintenant mon amour-propre était en jeu. Le silence se prolongea. J'avais envie de la pousser du coude.

— Qu'est-ce donc qui vous prend ?... — commença-t-elle, puis elle s'arrêta.

Mais j'avais tout compris : un nouveau sentiment faisait trembler sa voix. Elle n'avait plus cette intonation de naguère, brusque, brutale, entêtée. Maintenant sa voix était douce et timide, si timide que je me troublais moi-même et que je me sentis coupable envers elle.

14.

— Quoi donc ? demandai-je avec une curiosité aïtendrie.

— Mais vous...

— Eh bien ?...

— On dirait... que vous lisez dans un livre, dit-elle, et une sorte de raillerie vibra dans sa voix.

Ce mot me vexa, me vexa fortement.

Et je ne sus pas comprendre le sens véritable de cette raillerie, ordinaire et dernière défense des cœurs timides et encore exempts de vices, quand ils résistent avec fierté, jusqu'au dernier moment, aux efforts qu'on fait avec une indiscrète insistance pour pénétrer en eux, et tâchent de donner le change sur leurs sentiments réels. Ses seules réticences, quand elle essayait sa raillerie et n'y parvenait pas, auraient dû m'éclairer. Mais je ne sus pas voir, j'étais aveuglé par un mauvais sentiment.

« Attendez un peu », pensai-je.

XVII

— Dans un livre, Lisa? Pourquoi me parler
ainsi lorsque moi-même je me sens sincèrement
ému de tout cela comme si j'y étais personnelle-
ment intéressé? Dans un livre!... Mais tout ce que
je t'ai dit est sorti de mon âme!... Est-il donc
possible, est-il donc vrai que tu ne sentes pas
l'horreur de vivre ici? Telle est la force de l'habitude! Ah! le diable sait ce que l'habitude peut
faire d'un être humain! Penses-tu donc sérieusement que tu ne vieilliras jamais, que tu seras
toujours belle et qu'on te laissera ici durant des
éternités? Je ne parle même pas de l'ignominie
de cette maison!... Et en ce qui concerne ta vie
même ici, vois un peu : tu es jeune, attrayante,
belle, tu as du sentiment; eh bien, sais-tu que tout
à l'heure, quand je suis revenu à moi, j'ai eu du
dégoût à me voir auprès de toi? Il faut être ivre
pour oser entrer ici! Mais si tu étais ailleurs, si

tu menais une vie honnête, peut-être te ferais-je la
cour, peut-être t'aimerais-je. Chacun de tes regards
alors serait un bonheur pour moi. Et chacune de
tes paroles! Je t'épierais à ta porte, je serais fier
de toi, je te considérerais comme ma fiancée, et ce
serait mon plus cher honneur. Je n'aurais pas, je
ne pourrais avoir à propos de toi une seule pensée
impure. Mais ici! Je sais trop que je n'ai qu'à siffler, que bon gré, mal gré, il faut que tu me suives,
que ce n'est pas ta volonté que je consulte, mais
que tu es d'avance soumise à la mienne. Le dernier moujik qui se loue comme manœuvre n'est
pourtant pas un esclave, il sait que sa tâche aura
un terme : où est le terme pour toi? Réfléchis
donc : qu'est-ce que tu cèdes ici? Qu'est-ce que
tu asservis? — Ton âme! ton âme dont tu n'as
pas le droit de disposer, tu l'asservis à ton corps!
Tu livres ton amour à la profanation des ivrognes!
L'amour! mais c'est tout au monde, c'est le plus
précieux des diamants, c'est le trésor des vierges!
L'amour! pour le mériter il y en a qui donnent
leur âme, leur vie... Mais maintenant, ton amour,
que vaut-il? Tu t'es vendue tout entière. Quel
niais viendrait parler d'amour où tout y est

permis sans amour? Mais quelle pire offense que celle-là pour une femme? Me comprends-tu? Je sais comment on vous amuse, comment on vous permet d'avoir des amoureux même ici. Ce n'est qu'un jeu, une supercherie! Vous vous y laissez prendre, et l'on se rit de vous. Qu'est-ce, en effet, que ton amoureux? T'aime-t-il? Jamais! Comment pourrait-il t'aimer sachant que tu vas être obligée de le quitter à l'instant! C'est un malpropre, voilà tout. T'estime-t-il le moins du monde? Y a-t-il quelque chose de commun entre toi et lui? Il se moque de toi, il te vole : voilà son amour. Estime-toi heureuse qu'il ne te batte pas... Eh! qui sait? il te bat peut-être... Demande-lui un peu s'il veut t'épouser, il te rira au nez [1] s'il ne te crache pas au visage et si — cette fois au moins! — il ne te bat pas. Et pourtant il ne vaut peut-être pas deux kopecks hors d'usage... — Quand on y pense! pourquoi donc as-tu enseveli ta vie ici? Est-ce parce qu'on te donne du café et qu'on te nourrit bien? Mais dans quel but te nourrit-on? Chez une honnête fille un pareil morceau ne passerait pas le gosier! Elle verrait toujours le secret motif de

---

[1] En russe : il te rira dans les yeux.

toute cette abondance!... Tu dois ici, et tu y
devras toujours, jusqu'à la fin des fins, jusqu'au
moment où les clients ne voudront plus de toi. Et
cela viendra bientôt. Ne te fie pas trop à ta jeunesse, ici les années comptent triple, on te jettera
dehors; et longtemps avant de te jeter dehors ce
seront des chicanes, des disputes, des reproches,
comme si tu n'avais pas donné à ta patronne ta jeunesse et ta santé, comme si tu n'avais pas perdu ici
— pour rien ! — ton âme, comme si c'était toi qui
l'eusses dépouillée, réduite à la mendicité, comme
si tu l'avais volée. Et n'espère pas qu'on te sou-
tienne : pour plaire à la patronne, tes camarades
aussi tomberont sur toi, car toutes sont esclaves
comme toi, et il y a longtemps qu'elles ont perdu
la conscience et la pitié ! C'est à qui sera la plus
immonde, la plus vile, la plus outrageante. Elles
savent des injures que nulle part ailleurs on ne
soupçonne. Tu perdras tout ici, tout ce que tu as
de plus sacré, ta santé, ta beauté, ta jeunesse,
tes dernières espérances. A vingt-deux ans tu en
auras trente-cinq, et si tu n'es pas malade, estime-
toi heureuse, rends grâces à Dieu ! Tu penses peut-
être qu'au moins tu ne travailles pas, *que tu fais*

la fête? Malheureuse! Il n'existe pas au monde une besogne plus horrible que la tienne! il n'y a pas de travaux forcés comparables à ta vie. Cette seule pensée ne devrait-elle pas dissoudre ton cœur dans les larmes? Et quand on te chassera d'ici, tu n'oseras dire un mot ni un demi-mot, tu t'en iras comme une coupable. Tu iras dans une autre maison, puis dans une troisième, puis ailleurs encore. Enfin tu tomberas à la Sennaïa. Là on te battra : ce sont les amabilités de l'endroit, les clients y confondent les caresses et les coups. Mais tu ne peux t'imaginer l'horreur de ce bouge! Vas-y voir une fois, peut-être en croiras-tu tes yeux. Un soir de nouvel an, j'y ai vu une femme à la porte. Pour se moquer d'elle, ses camarades l'avaient mise dehors parce qu'elle pleurait trop. On voulait la faire geler un peu, et l'on avait fermé la porte derrière elle. A neuf heures du matin elle était déjà ivre, débraillée, à demi nue, toute meurtrie de coups; son visage fardé et ses yeux pochés faisaient un étrange contraste. Ses gencives et son nez suaient le sang : c'était un cocher qui venait de lui administrer une correction. Elle avait dans les mains un poisson salé. Elle s'assit sur une marche de pierre et se mit à hurler en pleurant. Tout en se lamentant sur sa destinée, elle frappait avec son poisson les degrés de l'escalier, et sur le perron s'amassaient des cochers et des soldats ivres qui l'excitaient. — Tu ne veux pas croire que tu deviendras ainsi? Je ne voudrais pas le croire moi non plus, mais qu'en savons-nous? Peut-être, dix ou huit ans auparavant, la femme au poisson salé est-elle arrivée ici, fraîche comme un chérubin, innocente, pure, ignorant le mal, rougissant à chaque mot. Peut-être était-elle fière comme toi, comme toi extrêmement sensible, toute différente des autres, et ne soupçonnant pourtant pas quel bonheur attendait celui qui l'aurait aimée et qu'elle aurait aimé. Vois comment elle a fini! Si pourtant alors, quand, ivre et débraillée, elle frappait de son poisson les degrés fangeux, si pourtant elle s'était rappelé les années de son passé pur, la maison de son père, l'école, la route où le fils du voisin l'attendait pour lui jurer qu'il l'aimerait toujours, qu'il lui consacrerait tout son avenir, et l'heure où ils décidèrent qu'ils s'aimeraient éternellement et s'épouseraient dès qu'ils auraient l'âge!... Non, Lisa, ce serait

pour toi le bonheur si tu mourais demain quelque
part, dans une cave, dans un coin, comme la
phthisique. A l'hôpital, dis-tu? Oui, on t'y mènera.
Mais... et ta dette à la patronne. Une phthisie
n'est pas une maladie comme une fièvre chaude,
qui laisse jusqu'au dernier moment à la malade
l'espoir de la guérison. Elle se leurre elle-même,
se croit en bonne santé, et cela fait les affaires de
la patronne. Mais toi, tu mourras lentement, tu te
verras mourir, et tous t'abandonneront : qu'au-
ras-tu à dire? Tu as vendu ton âme, c'est vrai,
mais tu dois de l'argent! Et l'on te laissera toute
seule, car que faire de toi? On te reprochera
même de tenir de la place pour rien et de *traîner
ta mort.* Tu auras soif? on te donnera de l'eau, —
et des injures avec : « Quand donc crèveras-tu,
salope? Tu nous empêches de dormir avec tes
gémissements, et tu dégoûtes les clients!... » —
J'ai moi-même entendu ces paroles. — Enfin,
toute mourante, on te jettera dans un coin puant
de la cave, dans l'obscurité, dans l'humidité...
Que penseras-tu, toute seule, durant les nuits
interminables? Et tu mourras. Une main merce-
naire t'ensevelira, impatiemment; au lieu de

prières, on n'entendra autour de ton cadavre que
d'ignobles jurons. Personne pour te bénir, personne pour te plaindre. On te mettra dans une
bière pareille à celle de la phthisique, puis on ira
au cabaret parler de toi. Et tu reposeras dans la
boue, dans la fange, dans la neige fondue. Mais
faire des cérémonies pour toi? — Descends-la,
Vamoukha [1]. Même ici elle a les pieds en l'air!
C'était sa destinée... C'est une telle. Ne dépense
pas trop de corde, ça ira comme ça. — Oui, ça
ira comme ça... — Non, pourtant, ça penche d'un
côté. C'était tout de même un être humain... Ah
bien, tant pis! Vas-y!... Et l'on ne se chamaillera pas
longtemps en ton honneur. Le plus vite possible
on te jettera quelques pelletées d'argile humide
et bleuâtre, — et au cabaret!... Voilà ton avenir.
Les autres femmes sont accompagnées au cimetière par leurs enfants, leur père, leur mari. Mais
toi! pas une larme, pas un soupir, pas un regret.
Personne au monde, personne jamais ne viendra
prier sur ta tombe. Ton nom disparaîtra de la
face de la terre comme si tu n'avais jamais existé,
comme si tu n'étais jamais née. De la boue à la

---

[1] Diminutif d'Ivan.

boue! Et la nuit, quand les morts soulèveront leurs couvercles, tu leur crieras : « Laissez-moi, bonnes gens, encore un peu vivre dans le monde ! J'ai vécu et je n'ai pas vu la vie. Ma vie a servi de torchon aux autres ! On a bu ma vie dans le bouge de la Sennaïa ! Laissez-moi, bonnes gens, encore un peu vivre dans le monde !... »

J'arrivais au pathos, des spasmes commençaient à me serrer la gorge et... Tout à coup je m'arrêtai, la peur me prit, je me soulevai avec terreur, et, le cœur battant, je me penchai et me mis à écouter.

Le cas était embarrassant !

Depuis longtemps je sentais bien que mes paroles devaient bouleverser Lisa jusqu'au fond de l'âme, mais plus cette conviction s'imposait à moi, plus j'avais hâte d'obtenir l'effet le plus intense possible. Le jeu ! le jeu m'entraînait, — et aussi autre chose... Et j'avais parlé en calculant tous mes mots en vue de l'effet, comme dans un livre. Oui, elle avait raison : on eût vraiment dit que je lisais « dans un livre ». Mais cela ne me gênait pas : je savais, je pressentais que j'étais compris, et ce procédé *livresque* ne pouvait, à mon sens, qu'aider au

succès. Mais maintenant que j'avais obtenu
« l'effet », j'en avais subitement peur, je reculais
devant ma propre action.

Non, jamais, jamais encore je n'avais vu un tel
désespoir. Lisa cachait sa tête dans l'oreiller, s'y
enfonçant avec force et le tenant embrassé dans ses
bras. Un tremblement convulsif secouait tout son
corps. Longtemps les sanglots l'oppressèrent, et
tout à coup ils éclatèrent avec des cris et des gémissements. Alors elle se serra plus violemment encore contre l'oreiller, pour que personne dans la
maison, pour qu'aucune âme vivante ne l'entendît
pleurer. Elle déchirait le linge avec ses dents, elle
mordait ses mains jusqu'au sang (je m'en aperçus
ensuite), elle s'accrochait des deux mains à ses
nattes défaites, puis elle restait immobile, retenant sa respiration, serrant les dents. Je voulus
d'abord lui parler, essayer de la calmer, mais je
n'en eus pas le courage, et tout frissonnant moi-
même je me jetai à tâtons en bas du lit pour
m'habiller et m'en aller. Il faisait sombre. Malgré
tous mes efforts, je ne pouvais aller vite. Enfin je
trouvai une boîte d'allumettes et un chandelier
avec une bougie entière. Aussitôt que la lumière

éclaira la chambre, Lisa se leva vivement, s'assit au bord du lit, toute défigurée, et me regarda d'un regard inconscient en souriant comme une folle. Je m'assis auprès d'elle, je lui pris la main : elle parut reprendre le sentiment de l'événement et de l'heure, fit un mouvement vers moi comme pour m'enlacer, mais n'osa pas et baissa doucement la tête.

— Lisa, ma chère, commençai-je, je ne voulais pas... pardon...

Mais elle me serra fortement les mains : je compris que ce n'était pas cela qu'il fallait dire, et je me tus.

— Voici mon adresse, Lisa, viens me voir.

— Je viendrai... murmura-t-elle, indécise, la tête toujours baissée.

— Et maintenant je m'en vais. Adieu... Au revoir.

Je me levai, elle se leva. Tout à coup je la vis rougir, tressaillir. Elle saisit un châle qui traînait sur une chaise, le jeta sur ses épaules et s'en couvrit jusqu'au menton. Puis elle me regarda bizarrement, avec un sourire maladif. Cela me fit souffrir, je me hâtai de m'en aller, de *disparaître*.

— Attendez ! dit-elle inopinément, comme nous étions déjà dans le vestibule, près de la porte, en m'arrêtant par mon manteau. Elle posa vivement la bougie et s'enfuit.

« Elle se sera rappelé quelque chose qu'elle veut me montrer », pensai-je.

En me quittant elle était toute rouge, ses yeux brillaient, son sourire était changé. Qu'est-ce que tout cela pouvait signifier ? J'attendis. Bientôt, elle revint, une prière, une excuse dans le regard. En général ce n'était plus le même visage que quelques heures auparavant. Ce n'étaient plus ces yeux mornes, méfiants et obstinés. Maintenant son regard était suppliant, doux, et si confiant, si tendre, si timide ! Les enfants regardent ainsi ceux qu'ils aiment et dont ils espèrent quelque chose. — Elle avait des yeux gris clair, de beaux yeux vifs aussi bien faits pour exprimer l'amour que la haine.

Sans rien m'expliquer, comme si j'étais un être supérieur qui devais tout deviner, elle me tendit un papier. Son visage était tout éclairé, naïvement et presque puérilement triomphant. J'ouvris le papier. C'était une lettre d'un étudiant en méde-

cine (ou quelque chose d'analogue), une lettre
très-ampoulée, d'un style haut en couleur, mais
très-respectueuse, une déclaration. J'ai oublié les
termes, mais je m'souviens très-nettement qu'en
dépit des fioritures de style on devinait dans cette
lettre un sentiment véritable, ce quelque chose
qu'on ne peut feindre. Quand j'eus fini cette lecture, je rencontrai le regard de Lisa, un regard
ardent, curieux, impatient comme un regard d'enfant. Et comme je tardais à lui parler, elle me
raconta en quelques mots, précipitamment, mais
avec une sorte de fierté joyeuse, comment elle était
un soir à un bal de famille, « chez des gens très-
convenables, *en famille,* chez des gens *qui ne
savent encore rien,* rien du tout, car ici elle est
toute nouvelle... et c'est seulement... comme
ça... et elle n'a pas du tout l'intention d'y rester,
et elle s'en ira dès qu'elle se sera acquittée... Eh
bien, à ce même bal se trouvait un étudiant, et ils
avaient dansé et causé toute la soirée, et cet étudiant l'avait connue toute petite fille, à Riga, —
mais il y a bien longtemps! — et il avait aussi
connu ses parents, mais de *cela* il ne sait rien, rien,
rien, il ne s'en doute même pas. — Et voilà! le

lendemain du bal (il y a trois jours), il envoya cette lettre par un ami avec lequel elle était venue à cette soirée... et... eh bien, voilà tout. »

Elle baissa les yeux, toute confuse.

Pauvre fille ! elle conservait cette lettre comme une chose précieuse, et elle avait tenu à me montrer cet unique trésor, ne voulant pas me laisser m'en aller sans savoir qu'on pouvait, elle aussi, l'aimer honnêtement et sincèrement, et qu'on lui parlait avec respect. La destinée de cette lettre était sans doute de jaunir dans un coffret, sans autre conséquence. Mais n'importe, je suis certain qu'elle l'aura toujours conservée comme un trésor, comme son orgueil palpable et sa palpable excuse. Et dans un pareil moment, elle avait songé à m'apporter cette pauvre lettre, pour étaler naïvement son orgueil devant moi, pour se réhabiliter à mes yeux, pour que je la félicite... Mais je ne lui dis rien, je lui serrai la main et je sortis. J'avais si grande hâte de m'en aller !

Je fis tout le chemin à pied malgré que la neige tombât à gros flocons. J'étais fatigué, écrasé, étonné : mais déjà sous l'étonnement la vérité se faisait jour, — une sale vérité.

XVIII

Je ne voulus pas l'accepter tout de suite, cette vérité. Le matin, en m'éveillant, après quelques heures d'un sommeil lourd et profond, je me rappelai immédiatement toute la journée de la veille et je m'étonnai de ma sentimentalité avec Lisa. « Qu'est-ce que tout ce fatras compatissant? J'ai donc mal aux nerfs comme une femme? Pouah!... Et pourquoi lui ai-je donné mon adresse? Et si elle vient?... Eh bien! qu'elle vienne! Qu'est-ce que cela me fait! »

Je sortis dans la soirée pour me promener un peu. Il me restait, comme conséquence de la veille, une forte migraine, et la tête me tournait. Plus la soirée s'avançait, plus augmentait l'obscurité, et plus changeaient et s'embrouillaient mes pensées. Il y avait en moi, dans les profondeurs de mon cœur et de ma conscience, quelque chose qui ne voulait pas mourir, un sentiment mystérieux qui me fai-

sait souffrir matériellement, comme une brûlure.
Je dirigeai ma promenade vers les endroits les
plus fréquentés, les rues les plus commerçantes,
le mechtchanskaïa, la Sadovoüa, le jardin Vous-
soupov. J'avais pris l'habitude de faire cette promenade, à la tombée de la nuit, à l'heure où la
foule des petits commerçants et des ouvriers, avec
leurs visages soucieux jusqu'à la méchanceté,
devient plus compacte, à cette heure où le travail
quotidien est fini. C'étaient précisément ces soucis
infimes des infimes bénéfices qui me plaisaient, et
précisément cette prose éhontée! Mais ce soir-là,
le coudoiement de la rue ne fit que m'exaspérer
davantage. Je ne pouvais parvenir à joindre les
fils de mes idées. Sans cesse une inquiétude se
levait en moi et ne voulait pas s'apaiser. Déconcerté, je repris le chemin de mon logement. Il me
semblait qu'un crime pesait sur ma conscience.

La pensée que Lisa pouvait venir ne cessait de
me torturer.

« Si elle venait!... Eh bien! qu'elle vienne!...
Hum!... Mais il ne faut pas qu'elle voie comment
je vis. Hier j'ai dû lui paraître un tel... héros! et
maintenant... Hum! Pourquoi donc me suis-je à

ce point désintéressé de mes propres affaires ? C'est très-misérable, chez moi : mon divan de toile cirée crache sa paille, ma robe de chambre refuse de me couvrir... Quelles loques ! et elle verra tout cela, et elle verra Apollon, mon domestique. Cet animal ne manquera pas de l'offenser, il trouvera quelque chose de désagréable à lui dire pour me causer des ennuis, et moi, évidemment, je serai lâche comme à l'ordinaire, je me ferai petit devant elle, j'essayerai de me draper dans ma robe de chambre, je sourirai, je mentirai... Fi ! quel dégoût ! Et ce n'est pas encore là ce qu'il y a de plus dégoûtant, il y a pis, plus sale, plus vil, oui, plus vil. Toujours, toujours me couvrir d'un masque de mensonge et de malhonnêteté ! »

Cette pensée m'enflamma.

Mais, « malhonnêteté », pourquoi ? Quelle malhonnêteté ? Je parlais sincèrement hier, je sentais vivement ce que je disais. Oui, je voulais réveiller en elle les sentiments nobles, je savais que cela lui ferait du bien, de pleurer, que cela lui serait salutaire...

Mais, quoi que je fisse, je ne pouvais parvenir à me tranquilliser.

Et toute la soirée, même après neuf heures, quoique je fusse sûr, d'après mes calculs, que Lisa ne pouvait plus venir, je la vis, elle fut devant mes yeux, et toujours dans la même attitude. Car, de toute la précédente soirée, un instant s'était particulièrement gravé dans ma mémoire : c'était quand j'avais aperçu, à la clarté de l'allumette, le visage pâle et défait de Lisa, et son regard de martyre. Et quel sourire pitoyable, anormal, « inutile », elle avait sur les lèvres! — Et je ne savais pas alors que quinze ans après, Lisa serait encore devant mes yeux intérieurs avec ce même pitoyable, anormal et inutile sourire.

Le lendemain, j'étais disposé à considérer tout cela comme des futilités, un relâchement du système nerveux, et surtout des « exagérations ». Je m'étais toujours reconnu cette faiblesse, et j'en craignais beaucoup des effets : « J'exagère toujours, et c'est là ce qui me perd », me disais-je à chaque instant.

« *Du reste,* Lisa viendra peut-être quand même... » Ce refrain concluait toutes mes réflexions, et cette inquiétude m'enrageait.

« Elle viendra certainement! » criais-je en courant à travers la chambre »; si ce n'est aujourd'hui, ce sera demain, mais elle viendra. O maudit romantisme des *cœurs purs!* Quel dégoût! quelle sottise! O l'imprévoyance des *âmes dégoûtantes de sentimentalisme!* — Eh! au fond, comment ne pas comprendre? Pourquoi pas comprendre?... »

Ici je m'arrêtais, dans un étrange perplexité.

Et qu'il a fallu peu de paroles, — observais-je en passant, — qu'il a fallu peu d'idylle (et d'idylle livresque, artificielle, factice) pour retourner toute mon âme! Ah! la persistante virginité! Ah! le perpétuel renouveau de l'argile humaine!

Parfois, la pensée me venait d'aller chez elle, « de lui dire tout », de la supplier de ne pas venir. Mais alors une telle colère se levait en moi qu'il me semblait que j'aurais écrasé cette « maudite » Lisa, si elle avait été à ma portée! Oui, je l'aurais outragée, conspuée, chassée, battue!

Cependant, une journée se passa, une autre encore, et encore une troisième. Lisa ne venait pas, et je commençais à me rassurer. Surtout passé neuf heures du soir j'étais tout à fait courageux, et je me promenais en liberté. Je me mis même à réfléchir moins amèrement à toute cette aventure : « Voyons, je vais sauver Lisa (puisqu'elle ne vient pas!) : je lui parle, je développe son esprit, j'entreprends son éducation. Je vois enfin qu'elle m'aime, qu'elle m'aime passionnément, mais je fais semblant de ne pas la comprendre. (Je ne sais pourtant pas pourquoi je fais semblant... C'est peut-être plus beau.) Puis, un soir, toute confuse, très-belle, elle se jette à mes pieds en tremblant, et en pleurant, elle me dit que je suis son sauveur, qu'elle m'aime plus que tout au monde... Je lui marque quelque étonnement, mais... « Lisa, lui dis-je, peux-tu donc penser que « je n'aie pas compris ton amour? J'ai tout vu, « tout deviné, mais je n'osais pas attenter à ton « cœur. Je connaissais mon influence sur toi : je « craignais que, par reconnaissance, tu fisses effort « pour répondre à mon amour; et cela, je ne le « veux pas, ce serait... du despotisme.... Ce ne « serait pas délicat. (Ici je me lançais dans des « subtilités européennes à la George Sand, des « sentiments d'un inexprimable noblesse.) Mais « maintenant tu es à moi, maintenant tu es ma « création, maintenant tu es pure et belle, tu es « ma femme,

« Et dans ma maison, librement et hardiment,
Entre et règne[1]. »

Puis, nous commençons une vie charmante, nous allons à l'étranger, etc., etc., etc...

Je me faisais honte à moi-même, et je finissais par me tirer la langue.

Mais on ne la laissera pas partir, « la dégoûtante! » — pensai-je. On ne les laisse pas trop se promener, il me semble, surtout le soir. (Il me semblait, je ne sais pourquoi, qu'elle viendrait précisément le soir, et précisément à sept heures.) Oui, mais, ne m'a-t-elle pas dit qu'elle n'est pas encore tout à fait esclave, qu'elle a des droits? Cela veut dire... Hum!... Que le diable l'emporte! Elle viendra, elle viendra certainement!

Je devais encore m'estimer heureux que les grossièretés d'Apollon m'eussent un peu distrait pendant tout ce temps. Cet homme a usé ma patience! C'était ma plaie, ma croix. Nous nous disputions du matin au soir depuis des années, et je le haïssais. Mon Dieu! comme je le haïssais! Jamais encore je n'avais haï personne à ce point.

[1] Nekrassov.

C'était un homme déjà sur le retour, de mine imposante. Outre mon service, il faisait le métier de tailleur à ses moments perdus. Mais je ne sais pourquoi il me méprisait! Car il me méprisait, et un peu plus que de raison, et me regardait du haut de sa grandeur. Du reste, il traitait tout le monde de même. Rien qu'à voir cette tête blondasse, ces cheveux bien lissés, ce toupet qu'il ramenait sur le haut de son front et graissait avec de l'huile d'olive, cette grande bouche, ces lèvres qui affectaient la forme d'un ijitsa[1], on se sentait en présence d'un être qui ne doutait jamais de lui. C'était un insupportable pédant, le plus grand pédant de toute la terre. Avec cela, un amour-propre qu'on eût à peine pardonné à Alexandre de Macédoine. Il était amoureux de chacun des boutons de son habit et de chacun de ses ongles, positivement amoureux. Il me traitait très-despotiquement, me parlait très-peu, et quand il me regardait, c'était avec une inexpugnable suffisance, une hauteur inaccessible, et toujours avec une mimique railleuse qui parfois m'exaspérait. Il

---

[1] Lettre en forme de V, non usitée dans l'alphabet ordinaire et exclusivement réservée à la liturgie.

semblait faire son service par pure complaisance.
Du reste, il ne faisait presque rien pour moi, et
ne se croyait obligé à aucun travail. Très-certaine-
ment, il me considérait comme le dernier des sots,
et « s'il me souffrait auprès de lui », c'est seulement qu'il trouvait agréable de toucher chaque
mois ses gages : il consentait à ne rien faire pour
sept roubles par mois. — Il me sera beaucoup pardonné à cause de lui! — Notre haine mutuelle
devenait telle parfois que je me sentais au moment
de prendre une attaque de nerfs, rien que pour
avoir entendu le bruit de son pas. Ce qui me
dégoûtait plus que tout, c'est un certain sifflement
qu'il avait en parlant : il devait avoir la langue
trop longue ou quelque autre vice de conforma-
tion qui le faisait sucer ses lèvres et siffler, et il
me semble qu'il en était très-fier, s'imaginant
peut-être que cela le faisait ressortir. Il parlait bas,
lentement, les mains derrière le dos, les yeux
baissés. Il m'enrageait surtout quand il se mettait
à lire ses psaumes. (Nous n'étions séparés que
par une cloison.) Nous avons eu bien des combats
à cause des psaumes. Mais c'était sa passion!
Tous les soirs, il se mettait à lire les psaumes,

d'une voix calme, égale, en chantonnant, comme
s'il veillait un mort. — Il est curieux que ce soit
ainsi qu'il ait fini : il se loue maintenant pour lire
les psaumes auprès des morts! le reste de son
temps est partagé entre les deux professions de
preneur de rats et de cireur de bottes. — Mais en
ce temps-là, je ne pouvais le chasser : il était
soudé à mon existence, chimiquement. D'ailleurs,
il n'aurait pour rien au monde consenti à s'en
aller. De mon côté, je n'aurais pu vivre dans une
chambre garnie : mon logement était isolé; c'é-
tait ma gaîne, la boîte, où je m'enfermais loin de
toute l'humanité. Or, Apollon, le diable sait
pourquoi! me paraissait faire corps avec ce logement, et, sept ans durant, je ne pus me décider à
le chasser.

Quant à lui retenir ses gages seulement deux
ou trois jours, c'était impossible. Il faisait alors
de telles histoires que je ne savais où me fourrer.
Mais, cette fois, j'étais tellement exaspéré contre
le monde entier que je me résolus, — j'ignore
pourquoi, — à *punir* Apollon, à lui faire attendre
ses gages pendant quinze jours entiers. Il y avait
déjà longtemps, près de deux ans, que je m'étais

promis de faire cela, n'eût-ce été que pour lui
prouver qu'il n'avait pas à faire le fier avec moi,
et qu'en somme j'étais son maître. J'arrêtai en
moi-même que je ne lui dirais rien, afin de le
forcer à me parler de ses gages le premier : alors
je sortirais les sept roubles de ma tirelire, je lui
montrerais qu'ils sont là, mis à part, tout exprès
pour lui, mis que « je ne veux pas, *je-ne-veux-
pas* les lui donner, tout simplement je ne veux
pas, et je ne veux pas parce que je ne veux pas,
parce que c'est ma volonté de maître, parce qu'il
est insolent, grossier : mais s'il demande respec-
tueusement, alors peut-être m'adoucirai-je; autrement il attendra encore quinze jours, trois semaines, un mois entier ».

Et pourtant, malgré toute ma résolution, c'est
finalement encore lui qui est resté vainqueur! Je
ne pus soutenir la lutte plus de quatre jours. Il
commença par son manége ordinaire dans ces
occasions. — J'avais déjà fait la même tentative
quelque trois ans auparavant, et je prévoyais
comment les choses allaient se passer; je savais
par cœur sa vile tactique! C'était d'abord un
regard extrêmement sévère et prolongé, surtout

quand il me rencontrait dans la rue, ou qu'il sortait en même temps que moi. Si je tenais bon ou si je faisais semblant de ne pas remarquer ce regard, il inaugurait de nouvelles et toujours silencieuses persécutions. Sans être appelé, inopinément, il entrait sans bruit, sur la pointe du pied, dans ma chambre pendant que je lisais ou que je marchais, s'arrêtait sur le seuil, mettait une main derrière son dos, avançait un pied, et me jetait un regard, non plus sévère, mais plein de mépris. Si je lui demandais brusquement ce qu'il voulait, il ne me répondait pas, me regardait dans le blanc des yeux quelques instants encore, puis, tout en suçant ses lèvres d'une façon très-particulière, très-significative, tournait sur ses talons, lentement, et lentement rentrait dans sa chambre. Deux heures après il revenait. Incapable de me posséder davantage, je ne lui demandais plus ce qu'il voulait, mais je levais brusquement et impérieusement la tête, et je le regardais fixement, *à bout portant :* il nous est arrivé de nous regarder pendant deux minutes. Enfin, il finissait par tourner lentement sur ses talons, comme la première fois, avec dignité, et s'en allait de nouveau pour deux heures.

Si cela ne suffisait pas pour me réduire, si j'osais continuer ma révolte, il se mettait alors à soupirer en me regardant, à soupirer longuement, profondément, comme s'il voulait mesurer de ses soupirs toute la profondeur de ma chute morale. Il va sans dire qu'il finissait par me vaincre. J'étais hors de moi, j'écumais de rage, et je n'en passais pas moins par où il voulait.

Mais cette fois dès le « regard sévère » je sortis de mes gonds, je me précipitai sur Apollon. — (J'étais déjà assez irrité sans cela !)

— Halte ! lui criai-je, reste ici !

Mais lui, lentement, silencieusement, dignement, s'en allait déjà, sa main derrière son dos.

— Reviens ici ! Reviens ! criai-je en le poursuivant.

Ma voix devait atteindre un diapason surnaturel, car Apollon se retourna et même se mit à me considérer avec un certain étonnement. Mais il s'obstinait à se taire, et c'est cela surtout qui m'exaspérait.

— Comment oses-tu entrer chez moi sans rien demander ? Comment oses-tu me regarder ainsi ? Réponds !

Il me regarda tranquillement pendant une demi-minute, puis il se retourna de nouveau.

— Halte! hurlai-je en courant à lui. Ne bouge pas, tiens-toi là, et réponds-moi! Qu'es-tu venu faire ici?

— Si vous avez quelque chose à m'ordonner...? — dit-il doucement et posément après un silence, tout en suçant ses lèvres et en balançant tranquillement sa tête d'une épaule sur l'autre. Et sa voix, son attitude, tout en lui exprimait une placidité qui m'affolait.

— Ce n'est pas cela, bourreau! Ce n'est pas ce que je te demande! m'écriai-je tremblant de colère. — Je vais te dire moi-même, bourreau, pourquoi tu viens ici. Tu vois que je ne te donne pas tes gages, tu ne veux pas, par vanité, condescendre à me les demander, et c'est pourquoi tu viens, avec tes regards bêtes, me punir, me torturer, et tu ne soup-çon-nes-pas,-bour-reau, comme c'est bête, bête, bête, bête, bête!...

Il recommençait déjà à tourner sur ses talons, mais je le saisis par le bras.

—'Écoute : voici l'argent, tu le vois? il est là (je tirai la somme de mon tiroir), les sept roubles y sont : mais tu ne les auras pas, tu-ne-les-au-ras-pas, tant que tu ne seras pas venu respectueuse-ment, la tête basse, me demander pardon.

— Cela ne se peut pas, répondit-il avec une as-surance surnaturelle.

— Ça suffit, criai-je, je te jure que tu ne les auras pas !

— Il n'y a pas de quoi vous demander pardon, — continua-t-il comme s'il ne s'apercevait même pas de mes cris, — c'est vous qui m'avez appelé « bourreau », et je pourrais aller porter plainte chez le commissaire.

— Vas-y donc, hurlai-je, vas-y tout de suite, à la minute, à la seconde, bourreau ! bourreau ! bourreau !

Mais il me regarda à peine, gagna la porte, et sans plus m'écouter, sans se retourner, rentra tranquillement chez lui.

— Sans Lisa, rien de tout cela ne serait arrivé, pensai-je.

Je restai un moment immobile, dans une pose digne et solennelle; mais mon cœur battait faible-ment tant j'étais ému. Puis j'allai moi-même chez Apollon.

— Apollon, lui dis-je d'une voix basse et con-
tenue, — mais j'étouffais de rage, — va tout de
suite et sans attendre un seul moment chez le
commissaire.

Il s'était déjà assis à sa table, avait mis ses lunettes et cousait. En entendant mon ordre, il éclata
de rire.

— A l'instant! vas-y à l'instant, ou tu ne sais
pas ce qui va arriver.

— Vous n'êtes vraiment pas dans votre assiette,
observa-t-il sans même lever la tête, en se suçant lentement les lèvres et en enfilant son
aiguille. — Où a-t-on vu cela, qu'un homme envoie chercher l'autorité contre lui-même! Et quant
à m'effrayer, ce n'est pas la peine de vous donner
tant de mal, vous n'y réussirez pas.

— Mais vas-y donc!

Je japais comme un roquet. J'avais déjà saisi
Apollon par l'épaule, j'allais le...

C'est alors que la porte d'entrée s'ouvrit, et
lentement, doucement, une « figure » apparut,
vint à nous, s'arrêta et nous regarda avec étonnement. — J'étais comme anéanti de honte! Je
me précipitai dans ma chambre, et là, saisissant

des deux mains mes cheveux, je me jetai contre le mur et restai ainsi, sans me retourner.

Deux minutes après j'entendis le pas lent d'Apollon.

— Voici une personne qui vous demande, — dit-il en me regardant avec une incroyable sévérité.

Il s'effaça, et laissa passer Lisa. Mais il ne faisait pas mine de s'en aller, il restait là, avec son sourire moqueur.

— Va-t'en! Va-t'en! lui commandai-je, éperdu...

En cet instant, la pendule grinça avec effort, siffla, puis sonna sept coups.

XIX

« Et dans ma maison, librement et hardiment,
Entre et règne. »

(Même poëme.)

Je restais devant elle comme tué, intimement déshonoré, — *salement embarrassé.* Je souriais, il me semble, et je tâchais de me draper dans ma robe de chambre épilée, juste comme j'avais, dans mes mauvaises heures, imaginé que je ferais. Elle aussi était toute confuse. — Je n'avais pas prévu cela. — Et c'était mon propre embarras qui la gagnait.

— Assieds-toi, lui dis-je machinalement.

Je plaçai une chaise pour elle auprès de la table et m'assis moi-même sur le divan. Elle m'obéit aussitôt, s'assit et se mit à me regarder « de tous ses yeux », attendant évidemment que je lui dise quelque chose. Cette attente naïve me mit hors de moi; mais je me retins.

Elle devrait pourtant faire semblant de ne rien remarquer, comme si tout se passait normalement, et voilà qu'elle...! Et je me jurai vaguement qu'elle me payerait cher *pour tout cela.*

— Tu m'as trouvé dans une étrange situation, Lisa, — commençai-je tout en sachant que c'était précisément ainsi qu'il ne fallait pas commencer. — Non, non, je ne parle pas de mon mobilier! m'écriai-je en la voyant tout à coup rougir. Je n'ai pas honte de ma pauvreté... Au contraire, j'en suis fier. Je suis pauvre, mais je suis honnête...

Car on peut être pauvre et honnête. (Je balbutiais.)
Du reste... Veux-tu du thé ?

— Non... commençait-elle ; mais...

— Attends.

Je me levai vivement et courus chez Apollon.
(Il fallait bien me cacher quelque part !)

— Apollon, — bredouillai-je avec une préci-
pitation fiévreuse en lui jetant les sept roubles
que j'avais durant tout ce temps gardés dans ma
main, — voici tes gages, tu vois ? je te les donne.
En revanche, sauve-moi ! va tout de suite chercher
au traktir du thé et dix soukhars[1]. Si tu n'y vas
pas, tu me désespéreras. Tu ne sais pas qui est
cette femme... C'est... tout ! Tu t'imagines peut-
être... Mais c'est que tu ne vois pas qui est cette
femme !...

Apollon, qui s'était déjà remis au travail et qui
avait déjà repris ses lunettes, loucha d'abord vers
l'argent, sans quitter son aiguille ; puis, sans me
prêter la moindre attention, sans me répondre, il
continua à se disputer avec son fil qui faisait des
difficultés pour passer par le trou de l'aiguille.
J'attendis trois minutes, debout devant lui, les

[1] Grands biscuits.

mains croisées à la Napoléon. J'avais les tempes
mouillées de sueur, j'étais très-pâle et je le sentais.
Mais enfin, Dieu merci, il eut pitié de moi. Laissant là son fil, il se leva lentement, recula lentement sa chaise, ôta lentement ses lunettes, compta
lentement son argent, et, m'ayant demandé par-
dessus son épaule combien il fallait prendre de
thé, sortit lentement. — En retournant auprès de
Lisa, je pensais que je ferais mieux de m'enfuir
comme j'étais, dans ma robe de chambre, n'importe où...

Et je m'assis de nouveau.

Elle me regardait avec inquiétude. Il y eut un
silence de quelques instants.

— Je le tuerai ! m'écriai-je tout à coup en frappant du poing sur la table si violemment que
l'encre jaillit de l'encrier.

— Qu'avez-vous ? dit-elle, toute tremblante.

— Je le tuerai ! je le tuerai !...

J'avais repris mon japement de roquet, et je
continuais à frapper la table, quoique je sen-
tisse fort bien la stupidité de mon emportement.

— Tu ne peux savoir, Lisa, comme il me torture ! C'est mon bourreau... Il est allé chercher des soukhars... Lisa !...

Et tout à coup je fondis en larmes. C'était une crise. Que j'avais honte de ma faiblesse! Mais j'étais incapable de me dominer.

Elle s'effraya.

— Mais qu'avez-vous? qu'avez-vous donc? — disait-elle en s'agitant autour de moi.

— De l'eau !... donne-moi de l'eau... — balbutiai-je à voix basse. (J'avais très-nettement conscience que cette eau me serait tout à fait inutile, et que rien ne m'obligeait à balbutier à voix basse.) — C'est par là... (Quoique la crise fût réelle, je peux dire que *je jouais la comédie* pour sauver les apparences.)

Elle me donna de l'eau. Elle était comme éperdue. — En ce moment Apollon apporta le thé, et il me sembla que ce thé banal et prosaïque était une chose terriblement inconvenante et misérable après tout ce qui venait de se passer, et je rougis. Lisa considérait Apollon avec un air craintif. Quant à lui, il sortit sans nous regarder.

— Lisa, tu me méprises... — dis-je en la regardant fixement, frémissant d'impatience de savoir ce qu'elle pensait.

Elle était si confuse qu'elle ne put même pas me répondre.

— Prends du thé, — dis-je avec colère.

J'étais irrité contre moi-même, mais il va sans dire qu'elle devait tout supporter. Une horrible colère me soulevait le cœur contre elle, il me semblait que je l'aurais tuée avec plaisir. Et pour me venger je me jurai mentalement que je ne lui dirais plus un mot.

C'est elle qui est la cause de tout ! pensai-je.

Le silence dura sept minutes. Le thé restait sur la table, nous n'y touchions pas. Exprès — tant la perversité me gouvernait ! — je ne voulais pas boire le premier pour rendre plus pénible la position de Lisa, puisqu'il ne convenait pas qu'elle commençât. Elle me regardait à la dérobée, avec étonnement, avec tristesse. Je m'obstinais à me taire. Certes, le principal bourreau, c'était moi, et j'avais pleine conscience de toute la dégoûtante bassesse de ma sottise et de ma méchanceté; mais je ne m'appartenais plus.

— Je viens de là... Je veux... en sortir tout à

fait, — commença-t-elle pour rompre d'une façon quelconque ce silence intolérable. Mais la pauvre ! Elle aussi, elle commençait précisément comme elle ne devait pas commencer ! A un tel moment, à un tel homme parler *d'abord* de *cela !* Mon cœur se serra de pitié pour sa franchise inutile et pour sa maladresse. Mais aussitôt un sentiment de méchanceté refoula en moi la pitié. Cette velléité même de compassion redoubla ma cruauté. « Eh ! que tout aille au diable ! » me dis-je. — Encore sept minutes de silence.

Elle se leva en disant d'une voix à peine intelligible :

— Je vous dérange ?...

Il y avait dans sa voix de la dignité offensée et de la lassitude. Aussitôt ma colère déborda ; je me levai aussi, tremblant, suffoquant de rage :

— Pourquoi es-tu venue chez moi, dis-moi, je t'en prie ?

Je ne tenais même plus compte de l'ordre logique de mes paroles, je voulais tout *lâcher* d'un seul coup, et je ne savais par où commencer.

— Pourquoi es-tu venue ? Réponds ! réponds !... Ah ! je vais te le dire, « ma petite mère », je vais te le dire, pourquoi tu es venue ! C'est parce que je t'ai dit, l'autre jour, *des mots de pitié,* cela t'a touchée, et tu es venue chercher encore *des mots de pitié !* Eh bien ! écoute, sache que je me suis moqué de toi ! Et maintenant encore je me moque de toi !... Eh ! oui : je me-mo-quais... On m'avait offensé, dans la soirée, à un dîner, des gens... des camarades... et je venais dans votre maison pour provoquer l'un d'eux, un officier, qui avait dû y venir avant moi. Mais je ne l'ai pas rencontré : il fallait bien me venger sur quelqu'un, « reprendre ce qu'on m'avait pris » : tu es tombée sous ma main, et j'ai bavé sur toi toute ma colère, toute mon ironie. On m'avait humilié, je t'ai humiliée. On m'avait tordu comme un torchon : j'ai voulu à mon tour user de ma force... Voilà ! et toi, tu croyais déjà que je venais te sauver ! N'est-ce pas ? tu l'as cru ? tu l'as cru ?

Je savais que quelques détails pourraient lui échapper, mais j'étais sûr qu'elle comprendrait très-bien l'ensemble de mes paroles. Je ne me trompais pas. Elle devint pâle comme un mouchoir, voulut parler, mais ses lèvres se convulsèrent, et elle s'affaissa sur sa chaise comme si elle venait de recevoir un coup de hache, et, aussi longtemps que je parlai, elle m'écouta, la bouche béante, les yeux démesurément ouverts, dans une saisissante attitude d'épouvante. Le cynisme de mes paroles la comblait de stupeur.

— Te sauver! — continuai-je en me mettant à courir de long en large dans la chambre, — et te sauver de quoi? Mais je suis pire que toi peut-être! Que pensais-tu, l'autre jour, quand je te faisais de la morale? « Et toi-même, pourquoi es-tu ici, avec toute ta morale?... » Voilà ce que tu pensais... Prouver ma force! prouver ma force! Voilà ce qu'il me fallait alors. Tes larmes, ton humiliation, ton hystérie, voilà ce qu'il me fallait! D'ailleurs, une fois que j'eus obtenu ce que je voulais, j'en ai été moi-même atterré, parce que je suis une femmelette, et le diable sait quelle sotte pensée m'a fait te donner mon adresse! Je le regrettais déjà en rentrant chez moi, et je t'accablais d'injures à cause de cette maudite adresse, et je te détestais déjà! Car, avec mes *mots de pitié*, je t'avais menti. Des phrases! des phrases! rêver l'action et la traduire en phrases, voilà ma vie. Quant à l'action réelle, sais-tu ce que je veux?

Que tout soit anéanti, tout, tout! Il me faut la
paix, et pour l'avoir, je donnerais le monde entier
pour un kopeck. Si l'on me donnait à choisir entre
le thé et l'humanité, je choisirais le thé. Comprends-tu? Eh! je le sais : je suis un vaurien, un
cochon, un égoïste, un lâche... Sais-tu? Voilà trois
jours que je tremble en songeant qu'à chaque
instant tu peux venir. Et sais-tu encore ce qui
m'inquiétait le plus? C'est que, l'autre jour, tu
m'as pris pour un héros, et qu'aujourd'hui tu me
vois dans ma petite chambre, dans ma misérable
et dégoûtante chambre! Je te disais tout à l'heure
que je n'avais pas honte de ma pauvreté... Je
mentais, j'en ai honte, honte, plus que de toute autre
chose : j'aurais moins honte de voler! J'ai tant
d'amour-propre qu'il me semble, à la plus légère
offense, qu'on m'a écorché et que l'air même qui
me baigne me blesse. Ne comprends-tu pas, maintenant au moins, que je ne te pardonnerai jamais
de m'avoir vu me jeter comme un roquet sur
Apollon? Ce sauveur, ce héros qui se jette
comme un chien galeux sur son domestique! —
et son domestique qui s'en rit! Et les larmes de
tout à l'heure, ces larmes honteuses que j'ai

versées devant toi comme une baba[1], je ne te les
pardonnerai jamais! Et tout ce que je t'avoue en
cet instant même, je ne te le pardonnerai jamais,
à toi! Oui, toi, toi seule, tu payeras pour tout
cela! Pourquoi t'es-tu trouvée sur mon chemin?
Ou pourquoi suis-je un vaurien, le plus dégoûtant,
le plus ridicule, le plus mesquin, le plus sot, le
plus jaloux de tous les vers de terre, qui ne sont
pas meilleurs que moi, mais qui du moins — le
diable sait pourquoi! — n'ont jamais honte d'être
ce qu'ils sont? Mais moi, toute ma vie, chaque
vilenie que j'ai commise a eu pour conséquence
une terrible chiquenaude sur mon âme! C'est par
là que je diffère des autres hommes. Tu ne comprends rien à tout cela, n'est-ce pas? Et que m'importe! Que m'importe que tu te perdes ou que tu
te sauves! Qu'es-tu pour moi? Mais comprends-tu,
mon Dieu! comprends-tu que je te hais, parce que
tu es ici et que tu as entendu ce que je viens de te
dire? Un homme ne se confesse qu'une fois dans la
vie, et pour le faire il faut qu'il ait une crise d'hystérie!... Et que veux-tu encore? Pourquoi es-tu encore
ici, devant moi, à me torturer au lieu de t'en aller?...

[1] Femmelette.

Mais ici se passa une chose étrange.

J'ai une habitude à ce point invétérée de penser et de réfléchir d'après les livres et de me représenter tout au monde comme si je l'imaginais moi-même dans mes rêves, que cette chose étrange, je ne la compris pas aussitôt. Outragée, écrasée par moi, Lisa avait compris beaucoup plus profondément que je ne pouvais le supposer. De tout cela, elle avait compris ce qu'une femme comprendra toujours avant toute chose si elle aime sincèrement : c'est que l'homme qui lui parlait ainsi était lui-même malheureux.

La frayeur et le ressentiment avaient disparu de son visage, qui n'exprimait plus qu'une surprise désolée. Quand je me traitai de vaurien et de cochon, et quand mes larmes recommencèrent à couler, — car je pleurais en débitant toute cette tirade ! — ses traits se crispèrent convulsivement, elle voulut se lever et m'interrompre. Et quand j'eus fini, elle ne s'arrêta pas à mes cris, elle ne parut pas entendre que je lui reprochais *d'être encore là,* mais sa physionomie exprimait avec évidence qu'elle sentait seulement combien je devais moi-même souffrir en lui disant tout cela.

Et d'ailleurs, la pauvre créature était tellement humiliée, elle s'estimait si incomparablement inférieure à moi qu'il ne lui venait pas même à l'esprit de s'offenser. Dans une sorte d'élan à la fois irrésistible et timide, elle fit un pas vers moi, puis, n'osant s'approcher davantage, me tendit les bras... Mon cœur se serra. Elle vit ma physionomie changer, se jeta vers moi, enlaça mon cou de ses mains et se mit à pleurer. Je n'y pus tenir moi-même, et je sanglotai comme jamais cela ne m'était arrivé.

— On ne me laisse pas... je ne puis pas... être bon, — murmurai-je d'une voix entrecoupée. Et me laissant tomber sur le divan, je sanglotai pendant un quart d'heure dans une crise de véritable hystérie. Lisa se serra contre moi, m'étreignit dans ses bras et parut s'oublier dans cette étreinte.

Mais la crise passa. (J'écris ici, qu'on ne l'oublie pas, la plus *sale* réalité.) Et voilà, couché à plat ventre sur le divan, le visage enfoui dans un misérable oreiller de cuir, voilà que, peu à peu, de très-loin, involontairement, mais irrésistiblement, je commençai à sentir qu'il serait maintenant

17

bien gênant de relever la tête et de regarder dans
les yeux de Lisa. De quoi avais-je honte? Je ne
sais, mais j'avais honte. Il me vint aussi à l'idée
que les rôles avaient définitivement changé; qu'elle
était devenue l'héroïne, et que j'étais moi-même
devenu l'être humilié et offensé qu'elle était
devant moi quatre jours auparavant... Et je pensais cela tout en restant couché sur le divan.

Mon Dieu! est-il vraiment possible que j'aie, en
ce moment, été jaloux de Lisa? — Je ne sais,
maintenant encore je ne puis me rendre compte
de cela. Il m'a toujours été impossible de vivre
sans tyranniser quelqu'un, et... Mais les raisonne-
ments n'expliquent rien, et pourquoi raisonner?

Pourtant je repris le dessus. Je levai la tête.
(Il aurait bien toujours fallu lever la tête un jour
ou l'autre!...)

Or, je suis maintenant certain que c'est précisément parce que j'avais honte de la regarder que
s'alluma soudainement un sentiment imprévu : le
sentiment de la domination — et de la possession.
Mes yeux s'enflammèrent passionnément, je serrai
avec force les mains de Lisa dans les miennes...

Comme je la haïssais en ce moment! Mais

comme cette haine m'attirait étrangement vers
elle! La haine doublait l'amour, et cela ressemblait
presque à de la vengeance...

Un immense étonnement bouleversa ses traits,
un étonnement tout voisin de la terreur. Mais ce
fut court, et elle se hâta de m'étreindre avec une
ardeur passionnée.

XX

Un quart d'heure après, je courais de long en
large dans la chambre avec une impatience fébrile.
A chaque instant, je m'approchais du paravent,
et, à travers une petite fente, je regardais Lisa.
Elle était assise par terre, la tête appuyée au lit,
et paraissait pleurer. Mais elle ne s'en allait pas, et
cela m'irritait. Maintenant elle savait tout. Je l'a-
vais suprêmement outragée, mais... Que sert de
raconter? Elle savait maintenant que mon bref
désir était né d'une pensée de vengeance, du
besoin de lui imposer une humiliation nouvelle,

et qu'à ma haine pour ainsi dire sans corps s'était substituée une haine personnelle, réelle et *fondée sur la jalousie*... D'ailleurs, je n'affirme pas qu'elle ait compris tout cela nettement. Ce qui est certain, c'est qu'elle me tenait désormais pour un homme parfaitement vil et surtout incapable d'aimer.

Je sais bien! on me dira qu'il est impossible d'être méchant et bête à ce point. On ajoutera peut-être qu'il est impossible de ne pas aimer une telle femme, impossible au moins de ne pas apprécier son amour. — Baste! Qu'y a-t-il d'impossible? D'abord je ne pouvais plus aimer (dans le sens qu'on attribue à ce mot) : aimer, pour moi, ne signifiait plus que tyranniser et dominer moralement. Je n'ai même jamais pu concevoir un autre amour, et je suis allé si loin en ce sens qu'aujourd'hui je crois fermement que l'amour consiste en ce droit de tyrannie concédé par l'être aimé. Même dans mes *rêves souterrains*, je ne me représentais l'amour que comme un duel commencé par la haine et fini par un asservissement moral : mais après? Je n'aurais su que faire de l'objet asservi! Et, encore une fois, qu'y a-t-il d'impossible? Ne

m'étais-je pas dépravé invraisemblablement? N'a-
vais-je point perdu la notion de la « vie vivante »
au point d'avoir osé faire honte à Lisa d'être venue
écouter des « mots de pitié »? — Et pourtant!
Elle était venue pour m'aimer!... Car, pour une
femme, c'est dans l'amour qu'est toute résurrection, tout salut de n'importe quel naufrage. C'est
par l'amour et seulement par l'amour qu'elle peut
être régénérée. Mais était-ce bien de la haine que
j'avais pour Lisa à cette heure où je courais à
travers la chambre et m'arrêtais à chaque instant
pour regarder derrière le paravent? Je ne crois
pas; il m'était seulement insupportable de la sentir
là, j'aurais voulu qu'elle disparût, j'aurais désiré
de la « tranquillité », de la solitude. Je n'avais
plus l'habitude de la « vie vivante »; elle m'écra-
sait, ma respiration même en était gênée...

Quelques instants se passèrent encore; elle ne
se levait pas, abîmée dans sa stupeur : et j'eus
l'imprudence de frapper légèrement au paravent
pour la rappeler à elle-même... Elle se secoua
brusquement, se hâta de se lever et de prendre
son châle, son chapeau, sa fourrure, comme si
elle eût voulu se sauver de moi quelque part. Deux

minutes après, elle sortit lentement de derrière le
paravent, fit quelques pas dans la chambre et
laissa tomber sur moi un regard lourd. (J'avais un
méchant sourire, mais forcé, un sourire *de con-
venance*, et j'évitais son regard.)

— Adieu, — dit-elle, et elle se dirigea vers la
porte.

Je courus à elle, je lui pris la main, l'ouvris,
et lui mis... puis la fermai, et aussitôt lui tournant
le dos, je me reculai avec une singulière vivacité
dans un coin, — pour ne pas la voir au moins!...

J'allais mentir, prétendre que j'ai fait cela sans
réflexion, par folie, par sottise. Mais je ne veux
pas mentir, et je dis franchement que, si je lui
ouvris la main pour y mettre..., ce fut par méchanceté. Cette idée m'étais venue tandis que je
courais de long en large par la chambre et que
Lisa restait derrière le paravent. Je puis toutefois
dire sincèrement que, si je fis cette atrocité *exprès*,
ce fut plutôt par « malice cérébrale » que par
« dépravation sentimentale ». Une atrocité, soit,
mais artificielle, combinée, livresque; et quand ce
fut fait, je ne pus supporter la pensée de l'action
que j'avais commise. Je me reculai dans un coin,

puis, presque aussitôt, je me précipitai, affolé de honte et de désespoir : Lisa était déjà partie. J'ouvris la porte et criai dans l'escalier (mais timidement, à mi-voix) : « Lisa! Lisa! »

Pas de réponse. Il me sembla entendre des pas sur les marches.

— Lisa! criai-je plus haut.

Pas de réponse. La porte de la rue s'ouvrit en grinçant et se referma lourdement. Ce bruit monta jusqu'au sommet de l'escalier.

— Partie!...

Je rentrai dans ma chambre en réfléchissant. Mon cœur me pesait.

Je restais debout devant la table auprès de laquelle Lisa s'était assise, et je regardais inconsciemment. Un moment se passa. Tout à coup je tressaillis : juste devant moi, sur la table, j'aperçus... oui, j'aperçus le billet bleu de cinq roubles, tout chiffonné, *le* même billet que je lui avais mis dans la main. C'était bien *lui*, ce ne pouvait être un autre, je n'en avais qu'un... Elle avait donc profité du moment où je m'étais détourné pour le jeter sur la table.

Eh bien! j'aurais dû prévoir cela. Hein? j'aurais *dû* le prévoir ? Non ! j'étais trop égoïste, je méprisais trop les gens pour imaginer qu'elle pût être capable de *cela*.

Mais *cela* me fut insupportable. Je m'habillai en toute hâte, prenant les premiers vêtements qui se trouvèrent sous ma main, et je me précipitai à sa poursuite. — Elle n'avait pas pu faire plus de deux cents pas.

Un temps calme. La neige tombait presque perpendiculairement et formait un matelas sur les trottoirs de la rue déserte. Aucun bruit. La lumière inutile des réverbères me parut singulièrement triste. Je fis en courant deux cents pas jusqu'au plus prochain coin de rue, et là je m'arrêtai.

Où avait-elle pu aller ?

Mais... pourquoi lui courais-je après ?

Pourquoi ? Tomber à genoux devant elle ? pleurer encore ? baiser ses pieds ? lui demander pardon ? Oui, je l'aurais fait. Quel moment ! Jamais, —jamais ! — je ne me le rappellerai avec indifférence. « Mais à quoi bon ? Dès demain ne la haïrai-je pas précisément parce que aujourd'hui je lui aurai baisé les pieds ? Suis-je capable de la rendre heureuse ? N'ai-je pas constaté aujourd'hui

pour la centième fois ce que je vaux ? Ne la tortu-
rerais-je pas sans cesse ? »

Je restais debout dans la neige, poursuivant
mes méditations au fond de l'ombre des rues, là-
bas... « Ne vaut-il pas mieux qu'il en soit ainsi ?
— continuai-je à songer, déjà rentré dans ma
chambre, — n'est-ce pas mieux? Ne vaut-il vraiment pas mieux qu'elle emporte pour l'éternité
son offense ? L'offense ! mais c'est une purification !
C'est la plus douloureuse et la plus profonde conscience de la dignité humaine. Dès demain, oui,
j'aurais sali son âme et blessé son cœur. Tandis que
désormais l'outrage ne périra pas en elle; malgré
toute l'horreur de la boue qui l'attend, l'outrage
l'élèvera et la purifiera... par la haine... Hum!...
peut-être par le pardon. — Et pourtant! En sera-
t-elle plus heureuse ?... »

Et je me posais philosophiquement cette question (à étudier aux heures de loisir) : Que vaut-il
mieux, un bonheur médiocre ou des souffrances
supérieures? Hein ? Que vaut-il mieux ?

C'est à l'étude de ce problème que j'ai consacré
cette soirée d'agonie. Jamais je n'avais tant souffert.

(Je crois néanmoins que, au moment même où

je sortis pour rejoindre Lisa, je savais que je rentrerais au bout de deux cents pas.)

Jamais plus je n'ai revu Lisa, jamais plus je n'ai rien su d'elle.

J'ajouterai que je fus longtemps très-satisfait de ma *phrase* sur l'utilité de l'outrage et de la haine.

Pourtant je faillis tomber malade de chagrin.

Ah! même aujourd'hui, que ces souvenirs me sont amers! Oui, oui, finissons là ces maudites *notes* : elles n'ont été pour moi qu'une nouvelle cause de souffrance, de *honte*. Quel absurde roman! Dirait-on pas que j'aie rassemblé en moi, *exprès*, tous les traits d'un antihéros? L'effet doit en être très-désagréable.

Assez donc! Je ne veux plus écrire de mon Souterrain.

Maintenant d'ailleurs tout est fini. Katia! Lisa! — et quarante ans!

FIN.

PARIS

TYPOGRAPHIE DE E. PLON, NOURRIT ET Cᵉ

Rue Garancière, 8